"후후.
너무 긴장하지 마세요.
같은 반이니까요."

스미노에 치카
Chika Suminoe

이츠키와 같은 반인,
대형 IT기업 가문의 청초한 아가씨.
텐노지 미레이의 오른팔임을
자부하며, 최근 미레이와 친한
이츠키를 의식하고 있다.

홀드 자세를 유지하며,
텐노지 양과 함께 몸을
반 바퀴 돌린다.
그 움직임은 내가 생각해도
무척 매끄러워서,
아무런 저항을 느끼지 않았다.

단 둘 이 서
휴 일 데 이 트 !

"자, 춤춰 볼까요."

——나는, 히나코와
대등해지고 싶어.

이츠키의 말이, 목소리가, 표정이,
히나코의 머릿속에서 되살아난다.

"머……멋, 져~~~~……!!"

주체할 수 없는 감정을 조금이라도
발산하려는 것처럼, 두 다리를 위아래로 흔든다.
베개에 얼굴을 대고 자꾸 문지르지만,
마음은 좀처럼 차분해질 기미가 없다.

아 가 씨 돌 보 기

~영애들이 다니는 명문 학교에서 제일가는 아가씨(생활력 없음)를 남몰래 돕는 시중 담당이 되었습니다~

6

사카이시 유사쿠

일러스트 **미와베 사쿠라**

contents
◆ ◆ ◆
saijo no osewa
story by yusaku sakaishi
illustration by sakura miwabe

프롤로그

코노하나 히나코의 아침은 일찍 시작된다.

정확하게는 이츠키에 대한 사랑을 깨달은 이후로 조금 더 빨라졌다.

"……우응."

알람 시계가 울리고 히나코는 눈을 뜬다.

지금까지 알람 시계를 사용한 적이 거의 없다. 어렸을 때 딱 한 번 사용해 봤더니 소리가 너무 시끄러워서 그 이후로는 사용인에게 깨워달라고 했다.

하지만 요즘은 이 시계로 일어나고 있다.

(아차…… 시간이 별로 없어.)

시간을 확인한 히나코는 서둘러 화장실로 갔다.

옆에 있던 빗을 써서 거울을 보며 머리를 살짝 빗었다.

(……좋아.)

시즈네에게 몇 번이나 배운 덕분인지 머리를 정리하는 데 성공했다. 아직은 다소 흐트러진 부분이 있지만, 시간이 없으니 어쩔 수 없다.

히나코는 다시 침대에 누웠다.

그리고 자는 척한다.

(이츠키가 올 때까지…… 1분 남았어.)

마지막으로 시계를 한 번 쳐다보고 히나코는 눈을 감았다.

사랑에 빠진 히나코는 지금 큰 모순을 안고 있다.

——앞으로도 이츠키에게 응석을 부리고 싶다.

——하지만 이상한 모습은 보여주기 싫어……!

그래서 히나코는 이츠키가 깨우러 오기 조금 전에 혼자 일어나 몰래 옷차림과 머리를 정리하고 있었다.

예전에 이츠키에게 침을 질질 흘리는 모습을 보인 적이 있다.

그런 모습은 더 보여주고 싶지 않다.

하지만…… 아침마다 깨워주는 것은 기쁜 일이다.

그래서 깨워주는 사용인은 시즈네로 바꾸지 않고 이츠키로 두고 있다.

자는 척한 지 1분쯤 지났을까, 조용히 문을 두드리는 소리가 들렸다.

"히나코, 아침이야."

(왔어……!)

히나코는 가슴을 두근거리며 이불로 얼굴을 가렸다. 감추지 않으면 웃는 얼굴을 들킬 것 같아서. 이츠키는 매일 아침 깨우러 오는데, 사랑을 자각한 뒤로는 날마다 기쁨이 커지는 것 같다.

"오늘부터 2학기구나……. 힘내야지."

이츠키는 커튼을 걷으면서 혼잣말을 중얼거렸다.

그러고 보니 오늘은 개학식 날이었다. 지금에야 그 사실을 떠올렸다.

"히나코, 이제 일어나. 오늘은 학교 가야지."

"……응."

마치 방금 일어난 것처럼 히나코는 대답했다.

상반신을 일으키자 이츠키와 눈이 마주쳤다.

"좋은 아침이야, 히나코."

"……좋은 아침이야, 이츠키."

히나코는 설레는 마음으로 이츠키의 반응을 기다렸다.

귀엽다고 말해 주면 좋겠다.

그런 히나코의 마음을 알아챘는지 이츠키는 히나코를 가만히 바라보며 입을 열었다.

"요새는 자다 일어난 것치고 머리가 좀 단정하지 않아?"

"무무무무, 무슨 소리인지…… 모르겠어."

히나코는 시선을 이리저리 돌렸다.

생각해 보니 이츠키가 시중 담당이 된 지 반년 가까이 지났다. 그동안 거의 매일 잠에서 깬 모습을 봐서 변화를 눈치챈 거겠지만, 감동보다는 어색함이 앞섰던 것일지도 모른다.

그러나……아직이다.

히나코는 다음 작전에 나선다.

"머리…… 빗겨 줘."

"알았어. 거기 앉아 봐."

히나코가 의자에 앉자 이츠키가 빗을 들고 뒤에 섰다.

(여기서, 목덜미를 보여주는 거야……!)

유리가 빌려준 순정만화에 그런 내용이 있었다. 남자는 여자의 목덜미를 보면 가슴이 뛴다고 했다.

　히나코는 머리카락을 쓸어 올려서 이츠키에게 목덜미를 보여주었다.

　그리고 힐끔힐끔 이츠키의 눈치를 살피지만…… 이렇다 할 반응은 없었다.

　"……이츠키."

　"응?"

　"뭔가…… 없어?"

　"나한테 물어봐도……."

　히나코가 물어보자, 이츠키는 곤혹스러운 기색으로 말했다.

　"아……."

　"뭐, 뭔데……?"

　"여기 머리가 많이 삐쳤어."

　그렇게 말하며 이츠키는 히나코의 뒤통수를 만졌다.

　"우……."

　"뭐, 뭐야? 그런 뜻이 아니었어……?"

　히나코는 뺨을 부풀리며 항의하듯 이츠키를 바라본다.

　어렸을 때부터 사용인에게 몸단장을 맡겼다. 역시 혼자서는 잘 다듬을 수 없다. 시즈네에게 맡길까 생각해 보기도 했지만, '왜 이츠키 씨 몰래 일어나야 하나요?' 라고 물어볼 게 뻔해서 꾹 참았다.

　아무리 시즈네라도, 이 마음을 털어놓기는 아직 부끄럽다.

도대체 어떻게 하면 이츠키가 나를 좋아해 줄까……?

히나코는 작전이 실패한 것에 불만이 생겼다.

하지만 이츠키가 부드럽게 머리를 빗겨 주자, 저절로 표정이 풀어졌다.

◆

교복으로 갈아입은 히나코와 함께 새까만 차를 탔다.

키오우 학원은 오늘부터 2학기다. 이날은 개학식과 HR밖에 없어서 오전에 해산하지만, 나는 전날 텐노지 양과 연락을 취해 평소 멤버들과 티파티를 할 예정이었다. 물론 히나코도 함께.

(오늘 히나코는…… 조금 섹시한 느낌이었는걸.)

움직이는 차 안에서 옆자리에 있는 히나코를 슬쩍 봤다.

요즘 히나코가 이상하다.

이상하다고 표현해도 될지 모르겠지만…… 이전과 비교하면 좀 더 착실해진 것 같다. 자고 일어났을 때 머리가 덜 헝클어지고, 식사 중에 보이는 자세도 깔끔해졌다.

히나코 나름대로 성장한 것일까……? 어쩌면 그렇게 생각할 수도 있겠지만.

"……우응."

"히나코, 왜 그래?"

"조……졸려."

왠지 모르게 어색한 대답과 함께 히나코가 내게 몸을 기댔다.

귀가 살짝 빨개졌다. 정말 졸린 걸까……?

조금은 멀쩡해졌나 싶었는데, 이렇게 이전과 똑같이 응석을 부린다.

뭐, 행복해 보이니 문제없을 것 같지만…….

"이츠키 씨, 슬슬 다 왔어요."

"네."

나와 히나코가 같은 차를 타고 등교하는 것을 들키면 안 된다. 그래서 내가 먼저 차에서 내리고, 그다음에 히나코가 내린다. 1학기 때부터 한 일이다.

예전에 한 번 따로 차를 타고 등교하면 어떻겠냐고 제안해 봤는데, 히나코가 거절했다. 비록 차 안에서만이라도 최대한 함께 등교하고 싶다고 한다.

하지만 한 달 만의 등교라서 그런지 이날 히나코는 조금 저항하는 뜻을 내비쳤다.

"시즈네. 이츠키랑 같이 등교하면 안 돼……?"

지금까지 참았던 일에, 히나코가 불만을 드러냈다.

시즈네 씨는 어느 때보다 곤란한 표정을 지었다.

"아가씨. 저기…… 마음은 이해하지만, 너무 억지를 부리면 못 써요."

"음. 확인해 본 거니까 괜찮아. 기성사실을 만들려고 하는 여주인공은 대부분 성공하지 못하니까……."

아리송한 결론에 도달한 것 같지만, 일단은 납득한 모양이다.

기성사실……. 히나코는 그 말의 의미를 알고 있을까? 3초 룰

(생활력 없음)
~영애들이 다니는 명문 학교에서 제일가는 **아가씨**를 남몰래 돕는 시중 담당이 되었습니다~ 6

도 몰랐던 히나코가 그런 지식에 해박할 것 같지는 않은데.

"저기, 아가씨. '더닝 크루거 효과'라는 것을 아세요?"

"응? 능력이 떨어지는 사람일수록 자신을 과대평가하는 인지적 편향성을 말하는 거야?"

"맞아요. 조금 더 자세히 설명하자면, 초보자일수록 자신감이 과도하게 커지는 현상을 말하죠."

시즈네 씨는 갑자기 어려운 이야기를 하기 시작했다.

심리학 수업을 들은 적은 없지만, 나도 그 단어 자체는 안다. 그만큼 유명한 거겠지.

"시즈네…… 이래 보여도, 나는 완벽한 아가씨로 불리는 사람이야."

"그래요."

"나는 그런 착각에 빠지지 않아……!"

"……………그래요."

시즈네 씨가 억지로 쥐어짠 투로 긍정했다.

결국 두 사람의 대화 내용은 마지막까지 이해할 수 없었다.

내가 고개를 갸웃거리자, 시즈네 씨가 일부러 헛기침 소리를 냈다.

"그러고 보니."

지나가는 길거리 풍경을 바라보며 시즈네 씨가 말했다.

"2학기부터는 매니지먼트 게임을 시작하겠군요."

1장 티파티 동맹

"2학기가 시작되었습니다. 그런고로 여러분들이 기다리던 매니지먼트 게임이 개최됩니다!"

개학식이 끝나고 교실로 이동한 후, 2학년 A반 담임인 후쿠시마 미소노 선생님은 평소보다 더 흥분한 분위기로 설명하기 시작했다.

"아마 대부분 알고 계시겠지만, 혹시나 하는 마음에 설명하겠어요. 매니지먼트 게임이란, 말 그대로 학생들이 경영에 대해 배우는 키오우 학원의 명물 수업입니다. 앞으로 한 달 반 동안 여러분은 정규 수업과 병행하여 이 게임에 참여하게 될 것입니다."

대략적인 개요는 시즈네 씨에게 미리 설명을 들었다.

매니지먼트 게임은 게임이라는 이름이 붙었지만, 기본적으로 수업으로 친다.

그래서 당연히 성적에도 영향을 미친다.

"이 게임에서 좋은 결과를 내면 그만큼 좋은 성적을 받을 수 있어요. 게임에서 우수한 성적을 거둔 사람은 경영…… 즉, 조직 운영에 능숙한 거니까, 학생회 임원으로 뽑히기 쉬운 경향이 있죠."

몇몇 반 아이들이 의욕적인 표정을 지었다.

학생회 임원이 목표인 모양이다.

……나도 그렇다.

"그러면 지금부터 게임에 사용할 컴퓨터를 나눠줄게요."

한 명 한 명에게 노트북을 돌린다.

이 노트북은…… 시즈네 씨에 따르면 모두 신품이라고 한다.

성능을 확인해 보니 제법 사양이 좋은 제품임을 알 수 있었다. 화면 부분을 떼어내서 태블릿처럼 사용할 수도 있다. 정상적으로 구입하면 20만 엔은 될 것 같다.

"게임의 자세한 내용은 튜토리얼을 통해 확인할 수 있습니다. 게임 시작은 내일이니 그때까지 준비해 두세요."

선생님이 이렇게 마무리하며 HR이 끝났다.

(……시작됐구나.)

여름방학 막바지에 있었던 일이 생각난다.

그날 타쿠마 씨는 이렇게 말했다.

──'키오우 학원은 2학년 2학기부터가 진짜 시작이야.'라고.

그건 틀림없이 매니지먼트 게임을 가리키는 말일 것이다.

타쿠마 씨는 이렇게도 말했다. 코노하나 그룹의 임원이 되려면 학생회에 들어가서 실적을 쌓는 게 좋다고……. 나 같은 일반인이 이 학교의 학생회라니 너무 부담스럽지만, 그래도 다른 방법이 없다면 도전해야 할 것 같다.

"어서 와, 토모나리. 오늘은 그거지?"

가방에 노트북을 넣자 타이쇼가 말을 걸었다.

"네, 맞아요. 평소 가던 카페로 가요."

개학식 전에 재회 인사는 이미 마친 상태였다. 타이쇼는 여름방학 동안 부모님 회사의 사원 여행에 따라다니는 등 자주 밖에 나갔던 모양이다.

"그나저나 저기…… 얼굴이 많이 탔네요."

"그래. 아무튼 바다로 산으로 여기저기 돌아다녔으니까! 하지만 나보다……."

예전에 비해 피부가 조금 더 거무스름해진 타이쇼.

하지만 그 타이쇼의 눈앞에 있던 것은…….

"얘들아! 오늘은 오랜만에 티파티지?"

즐거워하며 다가온 아사히 양의 피부는 타이쇼보다 훨씬 더 그을려 있었다.

아사히 양은 원래부터 성격이 밝은 편이다. 거기에 건강한 갈색 피부가 더해져 지금의 아사히 양은 마치 활력 덩어리처럼 보였다.

"아사히 양…… 정말 많이 탔네요."

"그치~? 이번 여름에는 마음껏 놀았어!"

아사히 양은 어딘지 모르게 자랑스럽게 말했다. 살이 탄 것은 신경 쓰지 않고, 오히려 훈장처럼 여기는 모양이다.

"뭐, 내년 여름에는 틀림없이 바쁠 테니까. 마음은 이해해."

타이쇼가 중얼거리듯 말했다.

고등학교 3학년의 여름방학은 아마 대학 입시 준비 때문에 정신없을 것이다. 키오우 학원의 학생이라면 시험보다 더 큰 이벤트가 기다리고 있을지도 모른다.

(생활력 없음)

"죄송해요. 늦었어요."

두 사람과 잡담하고 있을 때, 히나코가 찾아왔다.

반 아이들이 우르르 몰려와서 인사한 듯하다. 교실 밖을 보면 다른 반에서도 히나코를 보러 온 학생들이 있지만, 한도 끝도 없을 것 같으니까 오늘은 포기하게 하자. 히나코도 피곤할 테니까.

"코노하나 양은…… 별로 타지 않았네요."

"대비하고 있으니까요. 집안 사정으로요."

"그렇구나. 뭐랄까, 귀한 집 아가씨 대접을 받는 게 부러워. 나는 이만큼 태워도 말리는 사람이 없었는걸. '어울려, 어울려.' 라면서……."

아사히 양은 왠지 모르게 충격을 받은 듯했다. 여자의 마음은 복잡하다.

그러고 보니 여름 강습 때도 히나코는 시즈네 씨가 자외선 차단제를 발랐던 것 같다.

코노하나 가문의 영애쯤 되면 자유롭게 살을 태울 수도 없는 것 같은데…… 아사히 양은 그런 영애 대접을 동경하는 모양이다.

내가 보기에는 아사히 양은 충분히 귀한 집 아가씨 같은데.

◆

카페로 가니 이미 여학생 두 명이 있었다.

돌돌 말아서 내린 금발로 유명한 텐노지 양과 쿨뷰티라는 이름의 평범한 울렁증 환자, 나리카다.

"왔어요! 매니지먼트 게임이!!!!"

자리에 앉은 우리를 향해 텐노지 양이 가장 먼저 흥분한 기색으로 말했다.

"그 전에…… 텐노지 양, 2학기에도 잘 부탁할게요."

"아…… 어흠. 그래요. 먼저 인사부터 해야죠."

쓴웃음을 짓는 아사히 양에게 텐노지 양은 조금 미안한 표정을 지었다.

"나야말로 2학기에도 잘 부탁드려요. ……여기 있는 멤버들이 한 명도 빠짐없이 재회한 것을, 진심으로 기쁘게 생각한답니다."

텐노지 양의 태도는 결코 호들갑스러운 것이 아니다.

키오우 학원의 학생들은 모두 정치인이나 경영자 집안 출신이다. 집안의 속박이 강해서 상황에 따라서는 이 시기에도 전학을 가는 경우도 있다.

하지만 우리 여섯 명에게는 그런 걱정이 없다는 것을 미리 확인했다.

초창기 티파티 때부터 이어진 이 친구들에겐 나도 애착이 있다. 2학기에도 모두와 함께할 수 있다는 사실에 나는 마음속으로 감사했다.

"미야코지마 양도 잘 부탁해."

"그, 그래! 잘 부탁한다!"

나리카는 긴장한 건지, 딱딱한 얼굴로 말했다.

"나리카, 얼굴에 힘이 들어가 있네."

"큭……. 요, 요새는 사람을 볼 일이 없어서, 그만……."

재회했을 때보다 조금은 성장한 나리카가 설마…… 원점으로 돌아간 건 아니겠지? 조금 걱정된다.

"이번 모임은 텐노지 양이 주최한 것으로 아는데, 뭔가 할 얘기가 있는 건가요?"

"그래요. 오랜만에 모이고 싶었던 것도 있지만, 본론은 역시 이거랍니다."

내가 묻자 텐노지 양은 노트북을 테이블에 올려놓으며 말했다.

"본론에 들어가기 전에 여쭤보고 싶은데요……. 여러분, 매니지먼트 게임의 내용은 아셔요?"

이 질문에 멤버 대부분이 "그렇죠."라고 고개를 끄덕였다.

"죄송합니다. 대충은 아는데, 자세한 내용은……."

"나, 나도 마찬가지다……."

내가 손을 들자 나리카도 이어서 말했다.

"그렇다면 만약을 위해 설명해 드릴게요. 물론 튜토리얼을 하면 대략적인 내용을 알 수 있지만, 그건 시간이 좀 걸릴 것 같으니까요."

사전에 시즈네 씨에게 게임에 관해 설명을 들었을 때도 '특수한 수업이니 가급적이면 2학기가 시작되고 나서 동급생에게 자세히 듣는 것이 좋을 것 같다.' 라고 말해줘서 솔직히 고마웠다. 아까 HR에서 선생님도 설명해 주셨지만, 매니지먼트 게임은 키오우 학원의 명물 수업이다. 그래서 편입생인 나는 그렇다 치더라도 학생들은 대부분 게임에 관해서 어느 정도 알고 있는 것 같다.

나리카는 예외인 것 같지만.

"매니지먼트 게임은 일종의 경영 시뮬레이션 게임이랍니다. 플레이어는 경영자가 되어 게임 내에서 3년 동안 한 개 이상의 기업을 경영하는 거예요."

경영 시뮬레이션 게임이라는 건 나도 알고 있다. 이전 고등학교에 다닐 때 반 친구들이 푹 빠졌던 장르다. 유명한 것으로는 시장이 되어 도시를 만드는 게임이나 목장을 운영하는 게임 등이 있었을 것이다.

"경영할 수 있는 기업은 제조업, 소매점, 학교, 공항, 테마파크 등 다양해요. 하지만 자유롭게 선택할 수 있는 것이 아니라 집안이나 성적 등을 고려해 몇 가지 선택지가 제시되기 때문에 그중에서 선택할 필요가 있어요. 예를 들어 미야코지마 양의 경우, 스포츠용품 업체라는 선택지가 반드시 있을 것 같군요."

"그래. 우리 부모님도 스포츠용품 업체를 선택하라고 하셨다."

"모든 학생이 집안의 회사와 같은 업종을 선택할 수 있을 거예요. 그래야 더욱 현실에 가까운 시뮬레이션이 될 테니까요."

게임이라는 이름이 붙었지만, 어디까지나 이것은 수업이다.

놀이가 아닌 공부가 목적이다. 선택할 수 있는 기업을 제한하는 건 어쩔 수 없다.

"텐노지 양이나 코노하나 양은 어떤 선택지가 있을까요?"

나는 의문을 말했다.

예를 들어 코노하나 그룹 내에는 *도시은행, 종합상사, 중공

---

* 도시은행 : 일본의 은행 분류. 6대 대도시에 본점을 두고 전국에 전개하는 은행을 말한다. 금융 재벌의 상징.

업, 부동산 등이 있다. 그 모든 것이 선택지로 마련되는 것일까?

"우리에게는 기업 그룹 경영자 선택지가 주어질 거예요."

그렇구나.

즉, 카겐 씨와 같은 지위를 선택할 수 있다는 뜻이다.

"플레이어가 가장 먼저 선택하는 이 상태를 스타트 포지션이라고 해요. 스타트 포지션은 업종뿐만 아니라 자본금이나 사원 숫자 같은 규모도 선택할 수 있답니다."

물론 그 규모도 집안과 성적에 따라 선택지가 달라진다.

내가 선택할 수 있는 스타트 포지션은 중견 이하의 IT(정보산업) 기업이라는 뜻이다.

"다만 예외적으로 모든 학생이 자유롭게 선택할 수 있는 스타트 포지션도 있어요. 음식점이나 소규모 소매업이 그랬을 거예요."

옆에서 나리카가 "막과자 가게는, 있을까……?"라고 중얼거렸다.

그건 설령 게임 시스템이 허락해도 나리카의 부모님이 허락하지 않으리라.

"어? 그런데 스타트 포지션에 차이가 있다면 불공평하지 않나요? 수익으로 경쟁한다면 대기업을 선택할 수 있는 사람이 유리하고, 중소기업만 선택할 수 있는 사람은 불리하지 않을까요……?"

"좋은 점을 눈치챘구나~ 토모나리군."

아사히 양이 즐겁게 말했다.

"토모나리 군 말대로, 이 게임은 출발점이 다르니까 평가 기준도 수익만 있는 게 아니야. 탄탄한 경영이라든가, 참신한 경영이라든가, 플레이어는 자신에게 맞는 전략을 세워야 하고, 그것이 성과로 이어져."

아사히 양의 말에 타이쇼도 "맞아."라고 고개를 끄덕이며 말을 이어갔다.

"솔직히 현실에서도 수익이 전부는 아니니까 말이야. 우리도 그렇고, 코노하나 양이나 텐노지 양네도 그렇고, 뭐든지 이익이 최우선인 것은 아니잖아?"

"그래요."

히나코는 조용히 고개를 끄덕였다.

"회사의 존재 가치는 매출보다는 사회 공헌이라고 생각해요. 예를 들어 텐노지 양의 회사는 예전부터 고용 창출을 염두에 두고 경영하고 있잖아요."

히나코가 그렇게 말하자 텐노지 양은 놀란 듯 돌아봤다.

"우, 우리 회사 사정도 잘 아시는군요."

"당연하죠, 텐노지 양."

"~~~~!!! 이, 이걸로 이겼다고 생각하지 마셔요!!!"

수줍어하는 모습을 보니 왠지 모르게 마음이 훈훈해졌다.

텐노지 양은 웃음을 참지 못하고 싱글벙글하고 있다.

"코노하나 양은 평소에도 그런 분야를 공부하나요?"

"항상 공부하는 것은 아니지만, 요즘은 경영자분들과 회식할 기회가 많아서 경제계 이야기를 자주 들어요."

"역시 코노하나 양은 대단해. 매니지먼트 게임에서도 활약할 수 있겠네~."

아사히 양이 감탄하는 모습을 보였다.

"게임에 대해서 잘 이해한 것 같으니 이제부터 본론으로 들어가 보겠어요."

텐노지 양은 다시 한번 이 자리에 모인 사람들의 얼굴을 보며 말했다.

"여기 있는 여섯 명이서 동맹을 맺지 않겠어요?"

"동맹……?"

내가 고개를 갸웃거리자, 텐노지 양이 말을 잇는다.

"목적은 정기적인 정보 공유. 그리고 적대하지 않겠다는 약속. 이렇게 두 가지예요."

"그게 전부인가요……?"

"그래요. 이 두 가지가 매우 중요한 것이 매니지먼트 게임이랍니다."

텐노지 양은 설명하기 시작했다.

"매니지먼트 게임의 핵심은 다른 플레이어가 존재한다는 것. M&A를 통한 기업 거래, 물밑에서 이루어지는 업무 제휴 등, 스릴 넘치는 신경전이 펼쳐진답니다."

텐노지 양은 "후후후." 하고 당당하게 웃으며 말했다.

M&A(Merger and Acquisition)는 인수합병을 말한다. 큰 회사가 작은 회사를 흡수하거나, 두 회사가 손을 잡고 새로운 회사로 통합할 때 사용하는 기법이다.

텐노지 양은 그런 걸 좋아할 것 같단 말이지…….

 동맹의 의미는 지금 설명으로 잘 알겠다. 요컨대 매니지먼트 게임은 경영 시뮬레이션에 온라인 요소를 더한 것과 같은 것이다. 그렇다면 다른 게임 플레이어와의 경쟁 요소는 떼려야 뗄 수 없다.

 동맹은 자신을 보호하기 위해…… 그리고 경쟁을 유리하게 진행하기 위한 든든한 방파제가 될 것이다. 분명 우리 말고도 동맹을 맺는 학생들이 있을 것이다.

 "다행히 여기 있는 멤버는 업종이 편중되지 않으니까, 여러분에게도 유의미한 동맹이 될 것으로 생각한답니다."

 "하긴, 나는 운수업을 선택할 생각이니까."

 "나도 가전제품 소매업을 선택할 거야. 잘 분산됐네!"

 타이쇼와 아사히 양도 동의했다.

 "그리고 개인적인 이유지만…… 나는 학생회 입회를 목표로 하고 있어요. 그래서 솔직히 말해서, 조금이라도 더 많은 아군을 원한답니다."

 텐노지 양이 그렇게 말하자 다들 눈을 휘둥그레 뜨고 놀랐다.

 하지만 다른 사람이라면 몰라도 그 텐노지 양이라면 학생회가 목표라고 해도 납득이 간다. 그렇다면 우리도 할 수 있는 범위 내에서 응원하자는…… 그런 분위기가 형성되자, 나는 조심조심 입을 열었다.

 말할 기회는 지금밖에 없다.

 "사실은 제 목표도 그렇습니다."

"어?!"

"저, 정말이냐, 이츠키!"

텐노지 양과 나리카가 놀라서 소리를 질렀다.

타이쇼와 아사히 양도 마찬가지로 놀랐다. 히나코에게는 미리 간단히 설명했기 때문에 놀라지 않았지만…… 왠지 불만스러운 눈치였다. 히나코는 텐노지 양과 나를 시선으로만 번갈아 쳐다보고, 살짝 뺨을 부풀렸다.

"분수에 안 맞는 건 저도 잘 알지만…… 노력해 보려고요."

학생회가 목표라는 선언은 내게 용기가 필요한 사안이었다.

어쨌든 이곳은 부잣집 자녀들이 모이는 유서 깊은 명문 학교다. 나는 표면적으로 중견기업의 후계자라고 하지만, 사실은 평범한 서민에 불과하다. 그런 내가 모두를 아우르는 학생회를 목표로 한다니…… 원래는 분수에 맞지 않는 일이다. '도대체 무슨 농담이야?'라고 심각하게 고개를 절레절레 저어도 이상하지 않은 발언이다.

하지만…….

"꼭! 꼭, 꼭, 꼭, 꼭, 꼭, 목표로 삼으셔요!"

예상과 달리 텐노지 양은 크게 찬성해 주었다.

"토모나리 씨는 불가능을 가능케 하는 근성이 있으니, 분수에 맞지 않다고 생각하지 않아요."

"그렇게 대단하진…… 저는 여러분을 따라가는 것만으로도 벅찬데요."

"편입한 지 불과 몇 달 만에 그걸 해냈다는 게 얼마나 특별한 일

(생활력 없음)

인지, 자각하는 게 좋답니다. 내가 학생회에 들어갔을 때…… 토모나리 씨가 곁에 있으면 정말 든든할 거예요."

텐노지 양은 황홀한 얼굴로 자신의 전망을 이야기했다.

내 정체를 알기에 그런 칭찬을 해준 것이겠지.

사실 시즈네 씨와 텐노지 양의 스파르타식 레슨을 버텼으니까…… 근성만큼은 누구보다도 자신 있다.

"코노하나 양은 학생회를 목표로 하지 않아?"

아사히 양이 물어봤다.

"저는 집안 사정상 어려워서……."

"그렇구나……. 그럼 어쩔 수 없겠네."

아사히 양은 아쉬운 듯이 납득했다.

히나코는 키오우 학원에서도 손꼽히는 영애다. 그렇기에 아무래도 많은 학생이 히나코가 학생회를 목표로 하기를 바라는 것이리라.

물론 그것은 텐노지 양 역시 마찬가지다. 텐노지 양에게도 지지자가 많을 것이다.

사실은 집안 사정이 아니라 히나코 자신의 사정인데…….

가뜩이나 평소에 완벽한 숙녀 연기로 녹초가 되는 것이다. 거기에 학생회 임원으로 뽑히면 체력이 바닥을 드러낸다.

히나코 정도의 집안 배경과 성적이 있다면 학생회에 들어간 실적이 없어도 미래의 선택지가 충분히 넓을 것이다. 카겐 씨도 그것을 인정하니까 학생회 임원이 되지 않아도 된다고 말했을 것이다.

텐노지 양 역시 실적을 위해 학생회를 목표로 삼은 것은 아닐 것이다. 여름방학 때 바다에서 텐노지 양과 나눈 대화가 생각난다. 텐노지 양은 히나코와 다른 길을 걷고자 학생회를 목표로 삼은 것이다.

"그렇다고는 해도…… 게임에 임하는 의욕은 있겠죠? 코노하나 히나코."

텐노지 양이 전의를 불태우며 히나코를 노려보았다.

히나코는 홍차로 목을 축이고 잔을 내려놓은 다음에 대답했다.

"물론이에요. 서로 좋은 성과를 내도록 최선을 다해요."

학생회가 목표는 아니지만, 완벽한 숙녀라는 체면을 지키기 위해서라도 히나코는 진지하게 게임에 임할 예정이다.

의도한 것인지, 아니면 자연스러운 것인지…… 평소에는 친근한 히나코가 진지한 얼굴을 보이면 엄청난 존재감을 드러낸다.

비슷한 분위기를, 나는 예전에 타쿠마 씨에게서 느낀 적이 있다. 역시 히나코와 타쿠마 씨는 남매가 맞는 거겠지. 히나코는 싫다고 여길지도 모르지만.

하지만 그런 히나코를 보고, 텐노지 양은 기죽지 않고 오히려 씩씩하게 웃었다.

"그렇다면 각자 튜토리얼을 마쳐야 하니 오늘은 이것으로 해산하고 싶지만…… 마지막으로 가장 중요한 일이 있어요."

중요한 일?

우리가 고개를 갸웃거리는 가운데, 텐노지 양이 일어선다.

"동맹의 이름을 정할 거예요!"

~영애들이 다니는 명문 학교에서 제일가는 **아가씨**를 남몰래 돕는 시중 담당이 되었습니다~ 6

(생활력 없음)

그게 가장 중요한 일인가……?

하지만 마음은 알겠다. 이름이 있는 편이 더 알기 쉽고, 흥이 날 것 같다.

"〈헥사곤 얼라이언스〉는 어때? 말 그대로 6인 동맹이라는 뜻인데."

"으음, 좀 더 우리다운 이름이 있었으면 좋겠어요."

"〈팀 럭셔리〉는 어떨까? 코노하나 양과 텐노지 양의 총자산을 생각해서."

"그건 조금 꺼림칙한 느낌이 드는군요."

아사히 양과 타이쇼가 각각 제안했지만, 둘 다 평가가 영 좋지 않았다. 뭐, 타이쇼는 농담으로 한 말인 듯하지만.

나도 뭔가 제안하는 것이 좋을까……? 그렇게 생각했을 때, 히나코가 손을 들었다.

"간단하게, 〈티파티 동맹〉이라고 하는 건 어떨까요?"

"큭……. 제법이군요, 코노하나 히나코. 이럴 때는 심플 이즈 베스트라는 진리를 알다니……!"

지나친 생각이다.

그래도 티파티 동맹이라는 이름은 나도 좋다고 생각했다. 여기 있는 여섯 사람이 인연을 맺게 된 이유가 바로 그동안의 티파티였으니까, 우리 관계를 잘 나타내고 있다.

"그렇다면 그 이름을 사용하죠. 오늘을 기점으로 우리는 티파티 동맹을 결성하겠어요!"

와 하는 환호와 함께 박수 소리가 짝짝 울려 퍼진다.

"오늘은 이것으로 해산하겠어요. 라이벌에게 지고 싶지 않으니까요."

텐노지 양은 마지막으로 인사하고, 이 자리를 떠났다.

지금 할 생각은 아니지만…… 동맹 안에 라이벌이 있어도 괜찮은 걸까?

◆

티파티가 끝난 후.

저택으로 돌아온 나는 곧바로 매니지먼트 게임의 튜토리얼을 시작했다.

"실례합니다."

문을 두드리고, 시즈네 씨와 히나코가 들어왔다.

마실 것을 가져와준 모양이다. 시즈네 씨가 들고 있는 쟁반에 있는 잔을 받는다.

"어라, 오늘은 커피인가요?"

"방과 후 티파티에서 홍차를 마셨다고 아가씨께 들었거든요."

역시 시즈네 씨다. 일류 메이드의 접대 정신이 느껴진다.

"고맙습니다. 죄송해요……. 히나코라면 모를까, 저까지 시즈네 씨를 제 메이드처럼 부려서요."

"제가 이츠키 씨의 메이드인가요."

아차, 괜한 소리를 한 것 같다.

"건방지게 굴어서 죄송합니다."

(생활력 없음)
~영애들이 다니는 명문 학교에서 제일가는 **아가씨**를 남몰래 돕는 시중 담당이 되었습니다~ 6

"아뇨……. 가능성이 없지는 않다고 생각했어요."

그런 가능성이 있을 수 있을까……?

하지만 딱히 기분이 상한 것은 아닌 듯하다.

시즈네 씨는 책상 위에 있는 노트북을 슬쩍 봤다.

"그래서, 매니지먼트 게임은 어떻게 진행되고 있나요?"

"스타트 포지션을 고민하고 있어요. 생각했던 것보다 선택지가 많아서요……."

"그건 진지하게 고민하는 게 좋겠군요."

시즈네 씨는 내가 지금 어떤 벽에 부딪혔는지 금방 알아차린 것 같았다.

"아가씨도 이츠키 씨를 조금은 본받으세요. 아직 튜토리얼도 끝나지 않았잖아요?"

"무리……. 졸려……. 나중에 할래……."

"정말이지…… 오늘은 오랜만에 등교했으니까, 눈감아 드리겠습니다."

시즈네 씨가 한숨을 쉬었다.

"히나코, 졸리면 침대를 써도 돼."

"우, 응……. 아니야. 그게……."

"자려고 온 건 아니야? 그러면 뭘 하러……."

할 말이 있는 것일까.

나는 히나코를 바라봤다. 히나코는 얼굴을 붉게 물들이며 시선을 이리저리 돌렸다.

"저기…… 보, 보러…… 왔는데."

"?"

"……자, 잘래!"

"그래. 너무 많이 자서 밤중에 깨지 마."

히나코는 침대에 엎드렸다.

평소와 느낌이 다른 것 같은데…… 내 착각일까?

"이츠키 씨, 잠시 봐도 될까요?"

"네."

시즈네 씨가 노트북 화면을 바라본다.

잠시 얼굴이 가까워져 동요했지만, 시즈네 씨는 진지한 얼굴로 입을 열었다.

"예상대로 IT 업계와 관련된 업종을 선택하신 것 같네요."

"업종은 문제가 없는데, 규모 때문에 고민하고 있어요……."

구체적으로는 사원이 몇 명인 상태로 시작할지 고민하고 있다.

천 명으로 할지, 백 명으로 할지, 아니면…… 맨땅에서 창업할지. 선택지는 다양하다.

"역시 큰 기업에서 시작하는 것이 안정적일까요?"

"꼭 그렇진 않아요. 예를 들어 상장된 기업은 인수합병의 리스크가 있어요. 만약 매수되면 활동의 폭이 좁아질 수 있어요."

"아하……."

지금의 나로선 상장기업을 경영하기 어려우리라.

그렇다면 조금 더 작은 기업으로 하고 싶지만…….

(기왕이면 내 미래에 보탬이 되도록 하고 싶은데 말이지.)

지금 내 목표는 코노하나 그룹의 임원이다. 그 목표를 위해 도

(생활력 없음)
~영애들이 다니는 명문 학교에서 제일가는 **아가씨**를 남몰래 돕는 시중 담당이 되었습니다~ 6

움이 되는 경험을 하려면 어느 포지션이 좋을까.

"시즈네 씨. 만약 제가 정말 미래의 경영자를 목표로 한다면 어떤 진로를 택할 수 있을까요?"

"가장 확실한 것은 후계자 문제로 고민하는 중소기업에 들어가서 사장 자리를 물려받는 것이겠죠."

내가 코노하나 그룹의 임원을 목표로 하고 있다는 것을 아는 사람은 타쿠마 씨밖에 없으니 뜬금없는 질문을 던진 것 같지만, 의외로 구체적인 대답을 들었다.

이 세계에 사는 사람들에게 경영자가 되겠다는 인생 설계는 환상이 아닌 셈이다.

시즈네 씨는 나도 이 세계의 주민임을 인정해 주는 것 같다.

고마운 일이다.

"직접 창업하는 것보다 그쪽이 더 확실한 건가요?"

"빠르고 간단한 방법은 창업하는 패턴이지만, 탄탄한 인생 설계를 염두에 둔다면 승계를 추천해요. 일본 기업의 99%가 중소기업이고, 한편으로는 승계 문제를 안고 있으니까요. 선택지도 풍부하죠."

그렇구나.

저출산도 가속화되고 있으니까, 지방 기업 같은 데서는 특히나 심각한 문제일지도 모르겠다.

"하지만 이츠키 씨의 경우, 이번 게임에 한정해서 말하자면 처음부터 회사를 만드는 것이 경영 노하우를 배울 좋은 기회라고 봐요."

"하긴……."

수단과 목적을 혼동해서는 안 된다.

매니지먼트 게임의 목적은 어디까지나 경영 학습이다. 게임을 유리하게 진행하는 것은 그 수단에 불과하다.

내가, 나 자신의 미래를 위해 해야 할 일을 생각하면…….

"결정했습니다. 저는 창업하겠어요."

"그게 좋을 것 같네요."

지금 결정한 것을 바로 게임에 반영한다.

나의 스타트 포지션은 IT 기업을 갓 창업한 경영자다.

튜토리얼이 끝났다. 다음 단계는 내일부터다.

조금 긴장된다. 나는 키오우 학원 학생들에게 얼마나 통할 수 있을까?

"……괜찮아."

뒤에서 히나코의 목소리가 들려왔다.

"히나코, 아직 안 잤어?"

"응."

히나코는 작게 고개를 끄덕였다.

"이츠키는 뭘 선택해도 괜찮아."

"그게 무슨 말이야……?"

"여차하면…… 내가 지켜줄게."

자신만만하게 말하는 히나코에게, 나는 고개를 갸우뚱했다.

──이때의 나는 아직 히나코가 무슨 소리를 하는지 몰랐다.

◆

다음 날. 키오우 학원 강당에서 매니지먼트 게임 개회식이 치러졌다.

그 자리에 모인 고등부 2학년 학생들은 모두 진지한 표정으로 내빈 연설을 듣고, 각자 의욕에 찬 표정을 지으며 교실로 돌아갔다.

"드디어 시작이구나."

"그러네요."

교실로 돌아온 후, 타이쇼가 한 말에 나는 고개를 끄덕였다.

"설마 경제산업부 장관이 올 줄이야."

"그 밖에도 여러 거물급 인사들이 왔어. 뭐, 대부분은 우리 학교 학생들의 친인척이겠지."

피로감과 함께 한숨을 쉬는 내게, 타이쇼는 쓴웃음을 지었다.

개회식에는 대기업 총수, 요즘 떠오르는 *유니콘 기업의 총수 등, 경제계 거물들이 내빈으로 초청되어 시종일관 엄숙한 분위기가 감돌았다.

나는 오랜만에 키오우 학원의 분위기에 압도당했다.

우리 반 아이들은 놀라지 않았을까? 그렇게 생각하며 교실을 둘러보니…….

"저기, 스타트 포지션은 뭐로 했어?"

"연매출이 2000억인 제약회사로 했어."

---

* 유니콘 기업 : 기업가치가 10억 달러 이상인 비상장 스타트업 기업의 별칭.

"업종이 비슷하네. 방과 후에 어디 가서 얘기 좀 할까? 업무 제휴를 할 수 있을지도 몰라."

"고마워. 그때까지 자료를 준비해 둘게."

반 아이들은 이미 게임 전략을 구상하고 있었다.

'시가총액이~' 라든가, '설비 투자가~'같이, 게임과 관련된 여러 가지 화제가 귀에 들어온다.

"다들 진지하네요."

"그야 당연하지. 매니지먼트 게임을 제패하는 자가 키오우 학원을 제패한다고 해도 과언이 아니니까."

"그런가요?"

"우리 학교 애들 대부분이 정치가나 경영자가 되겠지? 그래서 우리한테는 경영 수완이 매우 중요한 스테이터스야. 매니지먼트 게임은 그 우열이 뚜렷하게 드러나니까. 성적이 좋으면 학생회에 들어갈 수도 있고, 여러 가지로 편의를 받을 수 있게 된다고."

그렇구나. 납득이 간다.

키오우 학원에서는 매니지먼트 게임에서 좋은 성적을 거둔 학생이야말로 가장 우수하고 모범적인 학생이다. 그만큼 선생님들에게 신뢰받기도 쉬워지니까, 게임에서 좋은 성적을 거두면 앞으로의 학교생활에도 큰 영향을 끼칠 수 있다.

이렇게 말하는 나도 게임에 임하는 자세는 진지한 편이다.

몸이 부르르 떨린다. 흥분해서 떠는 거라고 믿고 싶다.

"게임은 방과 후부터 실행할 수 있는데…… 첫날이라서 그런지 다들 참을 수 없는 것 같네요."

타이쇼가 웃으며 말했다.

매니지먼트 게임은 24시간 내내 할 수 있는 것이 아니다.

월요일에서 목요일까지는 16시부터 21시까지……. 즉, 방과 후에만 가능하다. 금요일과 토요일은 9시에서 21시까지 하루 내내 할 수 있다. 게임 기간 중의 금요일은 학교가 쉰다. 그리고 일요일에는 게임을 할 수 없다.

매니지먼트 게임은 게임 자체도, 학생들의 자세도 매우 진지하지만, 게임 외의 학업에도 시간을 잘 할애할 수 있도록 적절한 스케줄로 짜여 있다.

시즈네 씨한테도 게임 기간에는 매너 등의 레슨은 받지 않아도 된다고 들었다. 어떻게든 평소 하는 공부와 병행할 수 있게끔 노력하자.

◆

방과 후.

우리는 카페에 모여 노트북을 펴놓고 회의 중이었다.

"그렇다면 먼저 스타트 포지션을 공유해 볼까요?"

텐노지 양이 홍차를 마시고 나서 말했다.

"내가 경영하는 것은 〈텐노지 그룹〉이에요. 업종은 다방면에 걸치죠."

"저는 〈코노하나 그룹〉이에요. 텐노지 양과 마찬가지로 업종이 다양해서, 대형 종합상사, 중공업 등이 있어요."

두 사람은 예상대로.

현실적이고, 분명 미래에도 그렇게 될 것 같은 포지션이다.

"기업 이름도 현실과 똑같군요."

"바꿀 수도 있지만, 일부러 그대로 쓰는 사람이 많아요. 그래야 더 집중할 수 있으니까요."

아무리 게임 속 이야기라 해도 집안에서 경영하는 곳과 이름이 같은 기업을 파산시키는 것은 부담스러울 수 있다. 집중하는 것은 당연하다.

다음으로 나리카가 입을 열었다.

"나는, 〈시맥스〉다. 스포츠용품 제조업체지. 사실 막과자 가게를 차리고 싶었는데, 부모님한테 혼쭐이 났다."

당연히 그렇겠지……

매니지먼트 게임은 수업의 일환이다. 그런 건 일반적인 게임으로 해야 한다.

"나는 〈이사는 타이쇼〉야. 이름 그대로 운수업이지."

"나는 〈제스 홀딩스〉. 가전 양판점이야."

타이쇼, 아사히 양이 각각 자신의 포지션을 발표했다.

마지막은 나다.

"저는 IT 기업을 선택했습니다."

응? 하고 모두가 고개를 갸웃거렸다.

"처음부터 창업하기로 했어요. 업종은 IT로 하려고 하는데, 아직 회사 이름은 정하지 않았습니다."

스타트 포지션을 정하는 것까지가 튜토리얼이니까, 그 이후는 이제부터 검토해야 한다.

그런 나의 선택에 아사히 양은 눈을 동그랗게 뜨고 놀라워했다.

"토, 토모나리 군…… 야심가네!"

"어?"

"집안의 방침을 따르지 않고 자기 길을 걷기로 한 거잖아? 와~ 생각하긴 쉬워도, 좀처럼 할 수 있는 일은 아니야!"

아사히 양이 눈을 초롱초롱 빛내며 말했다.

아차……. 그렇게 생각할 수도 있겠구나.

단순한 오해라면 상관없지만, 이 일을 계기로 내 집안 배경에 관심을 보이면 곤란하다. 가능하면 너무 눈에 안 띄게 하고 싶은데……

"혹은 회사 시스템에 대해 다시 한번 배울 경우겠죠."

내가 왜 이 스타트 포지션을 택했는지, 그 이유를 아는 히나코가 도와주었다. 나는 바로 고개를 끄덕였다.

"음, 코노하나 양의 말이 맞아요. 야심이 있어서 선택한 건 아니에요."

"그렇구나. 그렇다고 해도 학구열이 뜨거운걸~."

아사히 양은 여전히 감탄하는 눈으로 나를 봤다.

반대로, 나는 아사히 양에게 의문을 품었다.

"저기. 방금 '생각하긴 쉽다'고 했는데…… 혹시 아사히 양도 비슷하게 생각한 적이 있나요?"

"글쎄. 내 이야기는 그냥 넘어가!"

마치 당사자처럼 말한 것 같아 궁금해서 물어봤더니, 아사히 양은 대충 얼버무렸다.

가업을 물려받을 생각이 없는 걸까? 본인이 대답하기 싫다면 억지로 캐묻지 말아야 한다.

"그렇다면 다음에는 각자의 경영 방침을 공유해 보아요."

텐노지 양이 우리 얼굴을 가볍게 훑어보며 말했다.

"나는 현상 유지를 최소 과제로 삼고, 가급적 각 사업의 매출도 늘리고 싶어요."

"저도 현상 유지가 가장 큰 과제예요. 내실 있게 경영할 생각입니다."

텐노지 양과 히나코가 각각 말했다. 둘 다 이미 최대 규모의 그룹 기업이다. 확장보다는 유지에 힘쓰는 것이 당연한 느낌이다.

"나는, 실적 확대야."

"나도 타이쇼 군과 같아. 현실에서는 아직 어렵더라도, 적어도 게임에서는 국내 1위를 목표로 해달라고 부모님이 말했거든."

아사히 양은 작게 한숨을 쉬었다.

아사히 양의 집안에서 경영하는 제스 홀딩스는 국내에서도 상위 5위권에 들어가는 가전 양판점이지만, 아쉽게도 1등은 아니다. 현실에서는 쉽게 뒤집을 수 없는 차이를, 노력 여하에 따라 어떻게든 극복할 수 있는 것이 게임만의 매력이리라.

마지막으로 나도 방침을 발표한다.

"저는 먼저 사업을 정상 궤도에 올려놓으려고 합니다."

텐노지 양이 고개를 끄덕였다.

먼저 이것을 실현하지 못하면 아무것도 시작할 수 없다.

"어떤 서비스를 개발할지 결정하신 건가요?"

"아…… 정말 어렴풋하지만요."

IT 기업을 만들려면 먼저 어떤 서비스를 개발할지 생각해야 한다.

이것이 첫 번째이자 가장 큰 관문이라고 해도 과언이 아니다. 아이디어가 모든 것을 좌우한다는 말은 지나친 표현일지 모르지만, 이 아이디어에 따라 미래의 수익과 관련 시장이 정해진다.

"참견일지 모르지만, 충고를 하나 하겠어요."

텐노지 양은 진지한 표정으로 나를 바라보았다.

"토모나리 씨는 어떤 것을 만들어서 사회에 공헌하고 싶나요?"

"저는……."

"곰곰이 생각해 보셔요. 그것이 당신에게 들어맞는 답이 될 거예요."

사회 공헌의 형태는 다양하다. 자원봉사 하나만 해도 여러 가지 방법이 있다.

그중에서 굳이 한 가지를 꼽으라면 무엇이 있을까? 내가 하고 싶은 일, 내가 느낀 것을 가장 잘 표현할 수 있는 것이 무엇일까?

곰곰이 생각해 본다. 그리고 다시 한번 생각했다.

"사실 해보고 싶은 것이 있어요."

답은 이미 있었다.

어젯밤부터 머릿속에서 계속 구상하던 아이디어를, 나는 입 밖으로 꺼냈다.

"선물용품 전문 인터넷 쇼핑몰을 만들어 보고 싶습니다."

모두가 눈을 동그랗게 떴다.

"텐노지 양이 말씀하신 대로, 제가 하고 싶은 사회 공헌에 대해 생각한 것이 계기가 되었습니다. 저는 이 학교에 와서…… 많은 분에게 도움을 받았으니까, 언젠가 보답하고 싶다는 생각이 들었죠."

그렇기에 아이디어를 떠올렸다.

선물에 관한 서비스를 만들자고.

"구체적인 서비스 내용도 생각했는데…… 선물할 때는 '어떻게 줄지'를 고민하지 않나요? 직접 전달할지, 인터넷으로 살지…… 인터넷으로 살 거면 어느 사이트에서 살지 등등. 그런 고민을 말끔히 해소할 서비스가 있으면 좋겠다는 생각이 들었습니다."

선물을 주려면 선물 포장과 매듭 등 여러 가지 매너를 의식해야 한다. 그런 것들을 모두 자동으로, 혹은 직관적으로 결정할 수 있고, 더 나아가 선물을 보내야 하는 사람의 목록까지 관리할 수 있다면 편할 것 같다는 생각이 들었다.

요컨대…… 선물을 보낼 때는 이 사이트면 된다고, 단번에 떠올리게 할 수 있다면 좋겠다고 생각했다.

사람들의 반응을 살펴보니……

"그건, 평범하게 수요가 있을 것 같네요."

텐노지 양이 나지막하게 말했다.

"연말연시라든가, 참 귀찮지. 누구에게 무엇을 선물해야 할지 고민하니까 말이야."

"친구 사이라면 상관없지만, 거래처라면 매너에도 신경을 써야 하니까."

타이쇼와 아사히 양의 느낌도 나쁘지 않아 보인다.

"그러고 보니 예전에 아버지가 해외 거래처에 연말연시 선물을 보낼 때 조금 애먹은 적이 있었다."

나리카가 기억을 떠올리며 말한다.

모두의 반응을 살피며, 나는 히나코를 바라보았다.

이건 히나코에게도 말하지 않았다. 그래서 히나코의 반응은 처음 보는데…….

"토모나리 군답게, 아주 좋은 것 같아요."

히나코는 부드럽게 웃었다.

기분 탓일 수도 있지만, 그 소감은 연기에서 비롯된 것이 아니라 히나코의 진심에서 우러나온 것 같았다.

"선물은 매너의 일부랍니다. 토모나리 씨는 이 학교에 온 뒤로 매너를 열심히 공부했으니까, 딱 좋을 것 같군요."

그런 의도는 없었지만, 듣고 보면 무의식적으로 이어진 것일지도 모르겠다.

모두의 반응도 나쁘지 않고, 그동안 내가 길러온 것도 살릴 수 있다. 이제는 고민할 필요가 없다.

"이 내용으로 신청하겠습니다."

"그래요. 좋은 평가를 받을 수 있을 것 같군요."

텐노지 양은 어딘지 모르게 자신감 넘치는 얼굴로 말했다.

"매니지먼트 게임에서는 아이디어의 질도 빠짐없이 평가받아요. 신규 사업을 시작할 때 그 내용을 AI와 교사들이 평가하고, 획기적이라고 판단되면 게임이 더 유리하게 진행되죠. 참고로 원칙적으로 게임 중에 나온 아이디어는 현실에서 도용하지 못하도록 규약을 정했으니 걱정하지 마셔요."

참으로 탄탄한 게임이다.

"그리고 처음부터 창업할 경우는 2년 스킵 기능이 있답니다. 일정 궤도에 오르면 그 기능을 사용하는 게 좋을 것 같군요."

"그런 게 있나요?"

"매니지먼트 게임의 취지는 다른 학생들과 교류하면서 경영을 배우는 것이랍니다. 창업한 지 얼마 안 된 기업은 협상 재료가 적으니 배려해 주는 거죠."

아무리 그래도 모든 것을 현실에 맞춘 것은 아닌 모양이다.

경영이라는 것을 효율적으로 배울 수 있도록 어느 정도 레일이 깔려 있다.

"알려주셔서 감사합니다."

"괜찮아요. 현실에서도 회사를 창업할 때 여러 사람에게 조언을 구할 테니까요. 매니지먼트 게임은 혼자 하는 것보다 여러 사람과 함께하는 것이 더 효율적이랍니다."

나도 어렴풋이 짐작했지만, 매니지먼트 게임은 게임 안팎에서 다른 사람과의 관계를 전제로 하는 것 같다. 실제로 이렇게 동맹도 맺으니까.

텐노지 양의 지적에 나는 고개를 끄덕였다.

"게다가 우리는 함께 학생회를 목표로 하는…… 말하자면 동지니까요! 나를 특별히! 특별히! 의지해 주셔도 된답니다!"

텐노지 양이 가슴에 손을 얹고 말했다.

고맙다. 역시 텐노지 양만큼 든든한 아군은 없을 것이다.

그런 생각을 했는데…….

"……동지, 인가요?"

작은 목소리로 히나코가 말했다.

"음…… 뭐라고 했죠? 코노하나 히나코?"

"대단한 건 아니지만, 개인적으로는 잘 와닿지 않는 표현이라서요."

눈꺼풀을 감고 그렇게 말한 히나코는, 이어서 눈을 뜨고 나를 빤히 쳐다봤다.

"동지라고 하려면…… 최소한 한 지붕 아래에서 지낼 정도의 관계여야죠."

"저기요……?!"

어마어마한 폭탄을 던진 히나코 때문에, 나는 무심코 자리에서 일어섰다.

그건 나와 히나코의 관계를 말하는 걸까?

도대체 뭐에 경쟁심을 불태우고 있는 거야……!

"오호오……?"

텐노지 양이 손에 쥔 잔이 덜덜덜 떨리기 시작했다.

텐노지 양은 내가 코노하나 가문의 저택에서 히나코와 함께 생활하는 것을 안다. 그건 나리카도 마찬가지라 히나코와 텐노지 양을 번갈아 보며 긴장하고 있었다.

타이쇼와 아사히 양만 의아한 듯이 고개를 갸웃거리고 있다. 그 반응이 가장 고맙다.

"흐, 흐응…… 물리적인 거리 따위는 상관없어요!"

텐노지 양이 떨리는 목소리로 말했다.

"오히려 물리적인 거리가 멀수록 정신적인 연결고리를 더욱 실감할 수 있답니다! 단순히 거리가 가깝다고 해서 좋은 관계라고 평가하는 것은…… 시야가 좁다고 평가할 수밖에 없군요."

"……그렇군요. 시야가 좁은 건가요."

히나코가 홍차를 마시고 잔을 내려놓는다.

"하지만 이래 보여도, 저는 공부하고 있는걸요?"

"공, 공부한다고요……?"

"그래요. 요즘 사람과 사람의 복잡한 관계에 관심이 생겨서요. 독학이지만, 주로 연애 같은 것을 배우고 있어요."

"연애를, 배운다고요……?!"

그냥 순정만화를 보는 거잖아.

나는 히나코가 얼마 전에도 유리에게 순정만화를 빌린 것을 안다. 유리는 일주일에 한 번씩 코노하나 저택에서 주방 아르바이트를 하는데, 그때마다 만화를 빌리는 모양이다.

하지만 진상을 모르는 텐노지 양은 눈을 동그랗게 뜨고 놀라워했다.

"저기 말이죠. 코노하나 히나코. 괜찮다면, 나, 나도 같이 그 공부를……."

"자! 가치관은 사람마다 다르잖아요! 그냥 좋게 넘어가죠!"

히나코가 망신을 당하기 전에 나는 최선을 다해 그 자리의 분위기를 휘저었다.

이상하다…….

요즘 들어 히나코가 과격해지는 것 같다.

"텐노지 양"

다시 자리에 앉자 뒤에서 목소리가 들려왔다.

어느새 우리 옆으로 한 여학생이 다가와 있었다.

"스미노에 양?"

나는 그 이름을 말했다.

거기에는 나와 같은 반인 스미노에 양이 있었다.

"스미노에 양. 무슨 일이죠?"

"매니지먼트 게임에 관해서, 우리 반 아이가 텐노지 양에게 상담하고 싶은 것 같아서요……."

"그렇군요. 그렇다면 바로 대응하러 가겠어요."

"아뇨, 다과회 중이신 것 같아서 내용을 메일로 보냈어요."

"알겠어요. 배려해 주셔서 고마워요."

텐노지 양이 고마움을 밝혔다.

그런 두 사람의 대화를, 아사히 양이 의아한 눈치로 보고 있었다.

"스미노에 양, 텐노지 양과 교류가 있었어?"

"네. 작년에 같은 반이었으니까요."

스미노에 양이 그렇게 말하자, 텐노지 양도 고개를 끄덕였다.

"스미노에 양은 항상 이런 식으로 나를 지원해 준답니다."

타이쇼는 "와." 하고 감탄하며 두 사람을 번갈아 바라보았다.

"어쩐지 텐노지 양의 비서 느낌이 나는걸."

"그렇다면 영광이군요."

스미노에 양이 미소를 지었다.

"아까도 말했지만, 이렇게까지 나를 위해 헌신할 필요는 없는 걸요?"

"아뇨, 이건 제가 좋아서 하는 일이니까요."

이 대화가 참으로 유능한 비서 같다.

몰랐는걸…….

스미노에 양은 같은 반이지만, 이야기를 나눈 적은 별로 없었다. 텐노지 양과는 매우 친한 사이인 것 같으니까, 내가 모르는 데서 자주 같이 있었을 것이다.

"있잖아! 괜찮다면 스미노에 양도 같이 얘기 좀 하지 않을래?"

"죄송해요. 마음은 고맙지만, 슬슬 집에 볼일이 있어서……."

아사히 양의 제안을, 스미노에 양은 부드럽게 거절했다.

스미노에 양이 발걸음을 돌린다.

그 직전에…….

"……?"

기분 탓일까?

지금…… 한순간 스미노에 양이 내게 눈을 흘긴 것 같았다.

"텐노지 양은 스미노에 양이랑도 동맹을 맺을 거야?"

"그 제안은 한 번 들은 적이 있지만, 보류하고 있답니다."

보류? 그렇게 사이가 좋아 보였는데……?

의아해하는 내게, 텐노지 양은 진지한 얼굴로 말을 이었다.

"실력은 흠잡을 데 없지만, 나와 스미노에 양의 관계는 조금 복잡해서……. 아니에요. 이건 민감한 이야기니까, 안이하게 말해서는 안 되겠군요."

텐노지 양은 무언가를 말하려다가 그만뒀다.

두 사람 사이에 무슨 일이 있는 걸까……?

◆

저택에 돌아온 나는 내 방에서 노트북을 보고 있었다.

"사무실과 설비는 준비 완료. 직원으로 일할 엔지니어도 준비했고, *EC 사이트 디자인도 대충 정했으니까…… 좋아, 여기서 스킵 기능을 사용할까."

현실에서의 창업 초기에는 자금 조달로 어려움을 겪는데, 여기에 매달리면 매니지먼트 게임의 묘미인 다른 회사와의 상호작용이 영원히 이루어질 수 없다.

이번에는 어디까지나 그 이후의 경영에 관해서 배울 기회라고 생각하는 것이 좋을 것이다.

(사실 키오우 학원에 다니는 학생이라면 충분히 무시할 수 있는 문제일 테니까.)

---

* EC : Electronic commerce(전자 상거래) 줄임말. 우리나라에서는 보통 '이커머스'라고 한다. EC 사이트는 간단히 말해서 인터넷 쇼핑몰 홈페이지.

창업가들이 자금 조달에 어려움을 겪는 이유는 투자자를 찾아야 하기 때문인데…… 키오우 학원에 다니면 그런 인맥이 사방에 널렸을 것 같다. 부모님이 투자 펀드를 운용하는 학생이라면 얼마든지 찾을 수 있을 것이다.

화면에 '스킵을 완료했습니다' 라는 문구가 뜬다.

이렇게 해서 내 회사는 벌써 설립 2년째가 되었다. 매니지먼트 게임은 게임 시간으로 3년이 흐르기 때문에 결국 내 회사는 5년째가 될 것이다.

스킵을 통해 탄생한 서비스 내용을 확인해 본다.

"오오……!!!!"

게임이긴 하지만, 내 회사가 순조롭게 성장하고 있다는 사실에 감동한다.

데이터를 확인해 보니 일일 방문자 숫자에서 광고 숫자까지 다양한 수치가 표시되었다.

이용자가 처음 접속하는 페이지…… 이른바 랜딩 페이지의 디자인도 확인한다. 스킵 기능으로 만든 것이니 엉성해도 어쩔 수 없다고 생각했는데, 아마추어의 눈으로 봐서는 딱히 나쁘지 않은 완성도다.

(다른 사람들의 회사도 살펴볼까.)

지도를 띄우니 비스듬히 위에서 내려다본 도시 풍경이 화면 가득 나타났다. 그 중심에는 중간 규모의 빌딩이 자리를 잡고 있는데, 그 일부가 내 사무실이다.

현실과 마찬가지로 게임 속 사무실에도 주소가 있었다. 타이쇼

의 회사를 검색해 보니 오사카에 있는 본사가 화면에 표시되었다.

조금 궁금해져서 이 거리가 현실에서 어떤 풍경인지 지도 앱으로 확인해 봤다. 거의 비슷하다. 매니지먼트 게임은 도시 풍경도 현실을 최대한 재현하는 듯하다.

나는 감탄하면서 근처에 있는 기업의 데이터를 조회했다.

(뭐, 고작 2년을 스킵한 정도로는 같은 무대에 설 수 없겠지.)

다른 학생들은 모두 나보다 훨씬 더 규모가 큰 기업을 경영하고 있었다.

자본금, 매출액, 직원 수……. 무엇 하나 내 회사와 비교가 안 된다. 숫자로 확연하게 차이가 보이는 것은 알기 쉬우면서도 한편으론 매우 무섭게 느껴졌다.

——좋아.

우선은 어떻게든 그들과 어깨를 나란히 하자. 그러지 못하면 학생회고 나발이고 없다.

게임 내에서 하루가 지나고, 각 기업의 숫자가 다시 바뀐다.

현실의 15분이 게임에서의 하루다. 매번 실시간으로 작전을 세우다 보면 확실히 늦어질 것이므로 사전 예행연습이 필요하다.

(NPC도 있구나.)

게임 세계에는 학생이 아닌 *NPC가 운영하는 회사도 있었다.

이 회사들과도 거래할 수 있는 것 같다.

"내가 먼저 해야 할 일은…… 이용자를 늘리는 건가?"

---

* NPC : Non-Player Character. 플레이어가 직접 조작할 수 없는, 프로그램 설정으로 움직이는 캐릭터.

이용자 추이를 확인해 보니, 처음에는 꾸준히 상승 중이던 추세가 최근 반년 동안 정체 중인 것을 알 수 있었다.

이 정체 상태를 해결하는 것이 나의 다음 과제일 것이다.

인터넷에서 상품이나 서비스를 구매할 수 있는 사이트를 EC 사이트라고 하는데, 그 EC 사이트의 이용자를 늘리려면 어떻게 해야 할지…… 머릿속에 몇 가지 아이디어가 떠올랐다.

기지개를 살짝 켜고 컴퓨터 시계를 확인했다.

어느덧 오후 9시다. 9시 이후에는 게임을 할 수 없다. 의욕이 넘쳐서…… 약간 부족한 감이 들지만, 이 기분은 내일로 가져가고 오늘은 이쯤에서 끝내자.

히나코도 완벽한 숙녀의 체면을 지키기 위해 오늘부터 당분간 매니지먼트 게임에 집중한다고 한다. 그래서 오늘은 히나코가 내 방에 오지 않았다. 평소 지금쯤이면 침대에 히나코가 있을 텐데, 없으니 조금 쓸쓸한 기분이 든다.

(가끔은 내가 만나러 갈까.)

노트북을 덮고 방을 나선다.

히나코의 방으로 가는 길에…… 낯익은 인물과 마주쳤다.

"타쿠마 씨?"

"응? 오, 이츠키 군이잖아?"

키가 크고 마른 체격에 고급 정장을 입은 남자, 타쿠마 씨가 뒤돌아보았다.

타쿠마 씨는 그 손에 서류 뭉치를 들고 있었다. 이 사람의 본성을 아는 나는 그 종이 다발이 마치 수상한 서류처럼 느껴졌다.

"너무 경계하지 마. 내가 너한테 무슨 해코지라도 했어?"

"아뇨……. 이건 조건반사 같은 거라서요."

"더 상처받는데."

조금도 상처받지 않았으면서.

"그러고 보니 오늘부터 매니지먼트 게임이었지? 창업은 무사히 잘했어?"

"네. 어? 제가 창업을 선택했다는 걸 어떻게 아는 거죠?"

"너라면 왠지 그럴 것 같아서."

여전히 뛰어난 통찰력이다.

EQ…… 마음의 지능지수였나? 타쿠마 씨는 이것이 유난히 높다는데, 상대의 얼굴만 봐도 무슨 생각을 하는지 알 수 있다고 한다.

"그래서 이츠키 군은 어떤 회사를 만든 거야?"

"선물용품 전문 인터넷 쇼핑몰을 운영하는 회사입니다."

"흐음. 통신판매업은 좋아. 당분간 계속 성장할 시장이지. 키오우 학원의 교사진은 유행을 중시하는 경향이 있으니까, 아이디어에 대한 평가도 나쁘지 않을 것 같네."

타쿠마 씨는 턱에 손을 대고 생각에 잠긴다.

그 생각을 들으면서 나는 생각한다.

이 사람한테서 조언을 구해야 하지 않을까?

나는 타쿠마 씨가 껄끄럽다. 하지만 내 마음속에는 막연한 예감이 있었다.

이 사람과 함께 있으면 더 성장할 수 있을 것 같다. 여름방학 때도 타쿠마 씨 덕분에 장래희망을 정할 수 있었고, 내 목표를 아는 사람이니까 상담하기도 편하다.

그리고 무엇보다 타쿠마 씨는 회사 일을 잘 안다.

얼마 전에도 코노하 드링크 주식회사의 직장 내 괴롭힘에 관해서 언급했으니까, 회사 내부 사정에 밝은 것은 틀림없어 보인다.

"타쿠마 씨. 매니지먼트 게임에 관해서 조언을 구해도 될까요? 다음에 무엇을 해야 할지 고민하고 있어서요."

"구체적으로 어떤 고민이 있지?"

"지금은 스킵 기능을 사용한 직후인데, 이용자를 늘리기 위한 몇 가지 방법을 검토하고 있어요. 다만 예산이 한정된 만큼 모든 것을 시도할 수 없어서……."

"효과적인 수단을 알고 싶은 거로군."

고개를 끄덕이자 타쿠마 씨는 잠시 생각에 잠겼다.

"그렇다면 대신 내 일을 돕게 해볼까. 보다시피 사무 업무에 쫓겨서 말이야."

그렇게 말하면서 타쿠마 씨는 손에 들고 있는 종이 뭉치를 가볍게 흔들어 보였다.

"제가 도움이 될 수 있다면 상관없습니다만……."

"자료 정리만 하는 거니까 괜찮아."

타쿠마 씨가 발걸음을 돌려 어디론가 향했다.

나는 그 뒤를 따라갔다. 타쿠마 씨는 저택 1층에 있는 작은 집무실로 들어갔다.

이 방은 처음 들어와 봤다. 시즈네 씨의 말에 따르면, 이곳은 손님이 업무를 보는 방이라고 한다. 손님용 집무실이라니, 손님이 사용할 기회가 거의 없을 것 같았는데……. 아, 이런 식으로 평소 저택에 없는 가족들이 쓰는 건가.

타쿠마 씨는 50장 정도의 종이 뭉치를 내게 건넸다.

"이건 이메일인가요? 왜 굳이 종이에 인쇄를……."

"기분 전환. 요즘 모니터만 보니까, 종이가 그리워졌단 말이지. 뭐, 결국 읽을 시간이 없어져서 너한테 부탁하는 거지만."

나도 요즘 컴퓨터 모니터만 봤으니까, 조금은 공감할 수 있었다.

업무의 동기부여를 위해 노력하는 그 자세는, 어쩌면 사회인으로서 필요한 능력일지도 모르겠다.

"답장해야 하는 것과 그렇지 않은 것을 구분해 줘. 그리고 후자 중에서도 간결한 내용이라면 내게 말로 전달해 줘. 전달한 후에는 버려도 상관없어."

타쿠마 씨는 의자에 앉아 직접 서류를 살펴본다.

나는 미묘한 긴장감과 함께 서류를 정리하기 시작했다.

"주식회사 얼라이즈에서 타쿠마 씨 덕분에 거래가 성사됐다는 감사의 연락이 왔네요."

"응."

"위즈 파트너스 주식회사에서 시제품을 완성했으니 조만간 우편으로 보내주겠다고 하네요."

"알았어."

타쿠마 씨는 서류 작업을 하면서 내 보고에 고개를 끄덕였다.

"국방부 장관에게 계약서를 수령했다는 연락이…… 어? 국방

(생활력 없음)
~영애들이 다니는 명문 학교에서 제일가는 **아가씨**를 남몰래 돕는 시중 담당이 되었습니다~ 6

부 장관……?!"

"우리 중요한 고객이야."

예상을 뛰어넘는 거물급 인사의 등장에 깜짝 놀랐다.

역시 타쿠마 씨는 일을 잘하는 사람 같다.

그렇지 않다면 이렇게 인맥이 두터울 리가 없다. 정계의 거물급 인사들과 교류할 수 있을 정도면 상대에게 무척 신뢰받는 것이리라.

"끝났습니다."

"수고했어."

서류 정리가 끝났다.

타쿠마 씨를 보니 아직 어려워 보이는 서류를 읽는 중이었다.

"나는 좀 더 시간이 걸릴 것 같아. 심심하면 그쪽 서류들을 봐도 괜찮아. 배울 점이 있을지도 모르니까."

"그, 그래도 되나요? 혹시 대외비 같은 것들은 없나요?"

"지금 와서 무슨 소릴."

그건 뭐, 그렇긴 하지만…….

한순간이라도 이 사람을 멀쩡한 사회인으로 여겼던 내가 부끄럽다. 그랬지. 타쿠마 씨는 원래 이런 사람이었다.

그런 타쿠마 씨에게 가르침을 구하는 시점에서 어쩌면 나도 이상한 사람일지도 모르겠다.

나는 신경이 쓰이는 서류를 집어 들었다.

"이건……."

"제조업체에 보내는 제안서야."

그 설명만으로는 잘 이해할 수 없었다. 그렇다고 업무 중인 타쿠마 씨에게 자세한 설명을 요구하는 것도 미안해서 서류를 꼼꼼히 읽고 혼자서 이해도를 높인다.

(요컨대 제품을 완성하기 위해 상대 기업에 협력을 요청하는 거구나.)

보아하니 코노하나 그룹의 종합가전업체가 해외 부유층을 위한 에어컨을 개발하고 있는 모양이다. 성능을 추구하고자 일단 타사에서 개발한 부품을 사용해 보고 싶어서 그 부품의 사용 허가를 요청하는 것 같다.

부품을 사용하게 해주면 방대한 실험 데이터를 얻을 수 있고, 이를 상대방과 공유할 수 있다. 실제로 그 부품을 이용해 에어컨이 완성되면 상대방의 인지도를 높일 수 있다. 물론 그에 상응하는 보상도 제공한다. 제안서에는 그 내용이 적혀 있었다. 구체적으로 이런 데이터를 얻을 수 있으니까 협력해 주길 원한다는 내용인데…….

"이 제안서, 전부 진짜인가요?"

"응?"

나는 거의 무의식중에 질문을 던졌다.

타쿠마 씨가 하던 일을 멈추고 나를 쳐다본다.

"그게…… 여기에 있는 제안 중 몇 개는 가짜로 느껴졌다고 할까요……. 타쿠마 씨의 목적은 좌우지간 상대방을 직접 만나는 게 아닐까 싶어서요."

제안서 옆에는 담당자와 주고받은 이메일을 인쇄한 서류도 있었다. 그것을 보면 타쿠마 씨는 아직 이 담당자와 만나 이야기를 나눈 적이 없는 것 같았다.

그런 내 의문에 타쿠마 씨는 눈을 동그랗게 뜨더니…… 웃었다.

"맞아. 그 사람은 꽤 고집불통이라 서면으로는 제안이 잘 통하지 않거든. 하지만 직접 만나기만 하면 설득할 자신이 있으니까, 적당히 그럴싸한 떡밥을 뿌렸지."

와…….

못된 미소를 짓는 타쿠마 씨에게 나는 마음속으로 질색했다.

"어떻게 알았어?"

"네……?"

"용케 그 정도 서류로 내 생각을 알았구나."

"아뇨, 왠지 모르게 그런 느낌이 들었거든요. 제안서 내용이 조금 허술했다고 할까요…….'

잘 모르겠지만, 타쿠마 씨는 왠지 모르게 진지한 얼굴로 나를 쳐다보고 있었다.

하지만 지금의 감각을 나는 말로 표현할 수 없다.

"왠지 타쿠마 씨라면 그렇게 할 것 같아서…….'

정답은 아니지만, 그렇게 느낀 거니까 달리 어떻게 설명할 방도가 없다.

정말 그냥 직감이다.

타쿠마 씨는 왜 이렇게 사소한 대화에 진지하게 임했을까?

"마음이 바뀌었어."

작은 목소리로, 타쿠마 씨가 말했다.

"이츠키군. 내 제자가 되지 않겠어?"

"제자요?"

"그래. 매니지먼트 게임 동안만이라도 괜찮아. 나한테서 여러 가지를 배워보지 않겠어?"

그건…….

"저로서는 반가운 일인데요……."

"좋아, 정해졌네."

기쁜 듯이 웃는 타쿠마 씨를 보고 조금 안 좋은 예감이 들었다.

괜찮을까? 나는 지금 악마와 계약한 게 아닐까?

"그러면 당장 현재 상황을 보여줘. 지금은 게임 시간이 아니지만, 홈 화면은 확인할 수 있겠지?"

"알겠습니다. 노트북을 가져올게요."

일단 방으로 돌아간 나는 책상에 둔 노트북을 챙겨 다시 타쿠마 씨가 기다리고 있는 집무실로 갔다.

그리고 노트북을 켜고 게임의 홈 화면을 타쿠마 씨에게 보여줬다.

"지금은 이런 식인데, 이용자를 늘리고 싶어서……."

화면을 보여주며 현재 상황을 설명한다.

내 생각을 들은 타쿠마 씨는 잠시 생각에 잠겼다.

"상품을 늘리는 것보다 광고를 늘리는 게 나아."

타쿠마 씨는 간결하게 결론을 말했다.

"회사 자체가 상품을 만드는 것도 아니니까, 입소문을 기대하는 것은 진짜 어리석은 짓이야. '우리 가게는 맛으로 승부합니다' 라고 말하는 식당과 같은 수준이지."

"그게 나쁜 사례인가요……?"

"맛으로 승부하는 건 당연한 거잖아?"

경영 철학이 있는 척하면서 안주하지 말고, 다른 분야에서도 제대로 노력하라는 뜻인가.

"세계관을 정하고 싶은걸."

"세계관?"

"회사에 세계관이 있으면 사람들에게 이미지를 전달하기 쉽고 편리해. 아까 말한 음식점을 예로 들면, 고풍스러운 느낌이라든가, 반대로 근미래풍이라든가 말이야. 세계관만 정해지면 그 세계관을 전면에 내세운 광고를 만들면 돼."

"알겠습니다. 조언해 주셔서 감사합니다."

구체적으로 어떤 세계관으로 할 것인지는 내가 정해야 한다.

음식점과 달리 인터넷 쇼핑몰인 만큼 되도록 모든 사람을 대상으로 하고 싶다.

인터넷 쇼핑몰 형식인 만큼 직접적인 고객층은 신용카드를 소지할 수 있는 어른들이 될 것 같으니까, '어른의 교류' 같은 콘셉트가 있으면 이해하기 쉽지 않을까? 형식이나 사교성을 따진다는 의미의 어른이 아니라, 스마트하고 비즈니스맨 같은 이미지라고 할까…… 그런 의미의 어른이다.

"그나저나 이 회사 이름은 너무 안이한걸."

"윽."

건드리지 말았으면 하는 부분을 지적당했다.

"뭐, 회사 이름은 창업자 이름으로 정해지는 경우가 많으니 신경 쓰지 않아도 돼. 우리 회사도 그렇고, 토요타나 이시바시 같은 데가 많으니까. 다만 IT 기업이라면 조금 더 세련된 이름으로 해도 되지 않았을까?"

"그게…… 네이밍 센스가 없어서……."

"요즘은 회사 이름을 크라우드 소싱(대중참여형)으로 정하는 곳도 적지 않아. 경영은 혼자 하는 게 아니니까 더욱더 의존해야지."

텐노지 양은 매니지먼트 게임은 사람들과 교류하면서 하는 것이 좋다고 했다. 실제로 다양한 업종에서 경영에 관여하는 타쿠마 씨가 말한다면 틀림없으리라.

"숙제를 내주지. 금요일까지 네가 평소에 교류하는 사람들의 경영 스타일을 조사해서 내게 보고해 줘. 히나코와 텐노지 양, 미야코지마 양, 이렇게 세 명이면 충분해."

어떻게 내 교우 관계를 아는 걸까? 그런 생각이 들었지만, 일일이 신경을 썼다간 끝이 없을 것 같아서 그냥 넘어가기로 했다.

"그리고 내가 저택에 있는 건 오늘뿐이니 다음부터는 영상통화로 이야기하자."

"알겠습니다. 오늘은 감사합니다."

"신경 쓰지 않아도 돼. 나도 투자하는 거니까."

"투자?"

고개를 갸웃거리자 타쿠마 씨는 "그래." 하고 고개를 끄덕였다.

"네 재능에 말이야."

그렇게 말한 타쿠마 씨는 서류 뭉치를 챙겨서 집무실을 나갔다.

나도 집무실을 나와 방으로 돌아가면서 타쿠마 씨의 말에 대해 생각했다.

재능……?

나한테? 무슨 재능이 있다는 거지?

한동안 고민했지만, 아까도 신경을 쓰면 끝이 없다고 생각했다. 일단 지금은 타쿠마 씨가 내준 숙제를 처리하는 데 집중하자.

내 방에 다다르자 문 앞에 사람이 보였다.

히나코다.

그러고 보니 애초에 나는 히나코를 만나러 가려고 방에서 나온 거였다.

히나코는 지금 내 방 앞에서…… 뭔가 열심히 앞머리를 정리하고 있다.

뭐 하는 거지?

"히나코?"

"앗?! 이, 이츠키……?"

히나코는 깜짝 놀라 뒤돌아보았다.

신기하다. 히나코가 이렇게 당황할 줄이야.

"어, 어디 갔었어……?"

"잠깐 타쿠마 씨랑 얘기했어."

"으……."

여전히 타쿠마 씨가 불편한 모양이다.

"히나코도 오늘은 매니지먼트 게임에 집중하고 있었구나."

"응. 사실 더 빨리 끝내고 싶었는데…… 아빠가 불러서……."

"카겐 씨가? 게임 얘기야?"

"그래. 코노하나 가문의 영애답게 좋은 결과를 내라는 당부를 들었어……."

히나코는 시무룩한 표정을 지었다.

당장 타쿠마 씨가 내준 숙제를 하려고 했지만, 히나코가 피곤한 것 같으니 오늘은 매니지먼트 게임 이야기를 하지 말자.

대화가 끊기자, 히나코는 시선을 좌우로 움직이며 안절부절못했다.

"저기…… 방에 들어갈래?"

"……들, 들어갈래."

살짝 뺨을 붉힌 히나코가 고개를 살짝 끄덕였다.

왠지 모를 묘한 분위기 속에서, 나는 히나코를 방에 들였다.

◇

이츠키의 방에 들어간 히나코는 평소 습관처럼 방 안의 풍경을 둘러보았다.

아마 이츠키는 이 버릇을 모를 것이다.

(아…… 펜꽂이가 늘어났어.)

매일같이 이츠키의 방을 드나드는 히나코는 방의 변화를 금방 알아차렸다. 책상 위에 예전에는 없던 검정 펜꽂이가 늘어났다.

히나코는 이츠키의 방에 오는 것을 좋아했다.

처음엔 작고 깔끔하고 군더더기 하나 없는, 그야말로 임시 거처 같은 이 방이 날이 갈수록 이츠키의 색으로 물들어 가는 과정을 보는 것이 좋았다. 문구류가 생기고, 슬리퍼가 생기고, 탁상시계가 생기고, 컴퓨터가 생기면서…… 이츠키가 조금씩 이 저택의 주민이 되어가는 것 같아서 정말 기뻤다.

평소에는 그 안도감을 가슴에 품고 이츠키의 침대에서 잠을 잤는데…….

(안, 안 돼…….)

이마에 땀이 조금씩 맺힌다.

(역시…… 예전처럼, 안 돼……!!!)

두근거리는 가슴을 주체할 수 없다.

사실 어제도 전혀 진정되지 않았다. 이츠키의 침대에 눕긴 했지만, 예전처럼 잠을 잘 수 없었고, 깬 채로 이츠키와 시즈네의 대화를 듣고 있었다.

순정만화에서도 이성의 방은 특별한 공간으로 묘사되었다.

지금은 알 것 같다. 그 느낌을.

이상한 짓을 하면 안 된다는 묘한 긴장감이 있다.

"잠깐 컴퓨터를 써도 될까? 메모할 게 있어서……."

"괘, 괜찮아……."

히나코가 수락하자, 이츠키는 곧바로 컴퓨터 앞에 앉았다.

침대에 앉아 그 얼굴을 바라본다. 진지하게 노력하는 이츠키의 모습은 언제 봐도 멋있었다.

문득 이츠키가 이쪽을 바라본다.

뚫어져라 쳐다본 걸 들킨 걸까? 분위기가 어색해지기 전에 서둘러 눈을 돌렸다.

따닥따닥 키보드를 두드리는 소리가 들린다.

다시 이츠키를 쳐다보자…… 이츠키도 역시 이쪽을 보더니 눈이 마주쳤다.

"왜 아까부터 왜 자꾸 힐끗힐끗 보는 거야?"

"아니, 잠들었으면 방으로 옮기려고."

"옮겨……?"

"그래. 여태까지 자주 옮겼는데?"

그러고 보니 그랬던 것 같다…….

부탁하면, 오늘도 옮겨 주는 걸까?

키보드를 두드리는 이츠키를 가만히 바라보았다.

(안 돼……. 요즘은 금방 응석을 부리고 싶어져…….)

응석을 부린다고 해서 이츠키가 자신을 싫어할 것 같지는 않다.

애초에 이츠키는 이런 자신을 어떻게 생각할까?

"……이츠키, 나를…… 어떻게 생각해?"

"어?"

이츠키는 눈을 동그랗게 뜨고 이쪽을 바라보았다.

(잠깐, 너무 직설적이었어…….)

내가 생각한 것을 그대로 말해 버렸다.

"저기…… 나처럼 흐트러진 사람을 어떻게 생각해……?"

말을 바꿔 질문하자 이츠키는 조금 생각에 잠겼다.

"히나코는 가끔 그런 걸 신경 쓰는구나."

"으······."

"아까도 말했지만, 나는 전혀 신경 쓰지 않아. 흐트러진 것도 평소 그만큼 신경을 써서 그런 거고······ 그런 히나코를 도와줄 수 있다는 건, 나도 영광이라고 해야 할까······."

이츠키가 쑥스러운 듯 말했다.

히나코는 얼굴이 흐물흐물 녹아내릴 것 같아서 손바닥으로 뺨을 감쌌다.

확실히 예전에도 말했었다. 아침 기상 담당을 이츠키에서 시즈네로 바꾸려고 했을 때였을까. 지금 생각해 보면 그때부터 이츠키를 이성으로 의식했던 것 같다. 잠에서 깬 모습을 보여주는 것이 갑자기 부끄러워졌다.

이츠키는 아마 다른 사람을 돌보는 것을 좋아했을 것이다.

그래서 그런 이츠키가 자신의 본모습을 아무리 봐도 실망하지 않을 것임을 알지만, 가끔은 이렇게 확인하고 싶어진다.

(······연애는, 참 이상해.)

이츠키에 대한 신뢰는 흔들리지 않았다. 하지만 예전보다 지금이 더 불안해지는 횟수가 많아진 것 같다.

자연스럽게 있는 것에, 있는 그대로의 모습으로 있는 것에, 조금 용기가 필요하게 되었다.

하지만 있는 그대로의 자신을 받아들이지 않으면 이 거리가 좁혀지지 않으리라.

"침대······ 써도 돼? 잠들지도 모르지만······."

"그래. 나는 공부할 거니까 히나코는 평소처럼 편하게 있어."

히나코는 이츠키의 침대에 누웠다.

상대가 있는 그대로의 모습을 받아들여 주는 것이 일반적인 연애에서 중요한 일이라면…… 처음부터 받아들여지는 자신은 어떻게 하면 좋을까?

어쩌면 나는 참 어려운 연애를 하고 있는지도 모르겠다.

몽롱한 상태에서 그런 생각을 하고 있는데…….

"응? 어라, 텐노지 양이네."

히나코의 귀가 번쩍 뜨였다.

이츠키가 스마트폰을 들고 있다.

전화가 온 모양이다.

『토모나리 씨?』

조용한 방에 텐노지 양의 목소리가 울려 퍼졌다.

"텐노지 양, 무슨 일이죠?"

『지금쯤 게임 문제로 고민하고 있을 것 같아서 상담을 받아주려고요.』

히나코는 몸을 일으켰다.

이런 시간에 전화……?

히나코는 가만히 이츠키를 흘겨봤다. 이츠키는 그 시선을 눈치채지 못했다.

"걱정해 주셔서 감사합니다. 하지만 괜찮아요. 이미 해결했으니까요."

『그렇군요. 그렇다고 해도 걱정되네요. 토모나리 씨 성격상 너무 무리하는 일이 생길 것 같으니까요.』

"그건 조심하겠습니다……."

확실히 그 점은 조심했으면 좋겠다.

『휴식도 중요하답니다. 저기, 예를 들어 다음 주 일요일에 나와 함께……』

우물우물. 텐노지 양이 말끝을 흐렸다.

그 순간 히나코는 천천히 숨을 들이마셨다.

"토모나리 군. 다음 일요일에 쇼핑하러 갈까요?"

『어? 그 목소리는…… 코, 코노하나 히나코?!』

히나코는 평소보다 더 큰 목소리로…… 전화기 너머에 있는 라이벌에게도 잘 들릴 수 있도록 말했다.

이츠키는 화들짝 놀랐다.

"참고로 저는 영화라도 괜찮은데요?"

『어, 영화……!!!! 토모나리 씨?! 무슨 소리인지 설명해 주시겠어요?!』

이츠키의 얼굴에서 식은땀이 대량으로 흘러내렸다.

"아, 아니요! 실은 지금 코노하나 양과도 게임 이야기를 하고 있었어요!"

『정말요?! 지금 평범하게 휴일 일정을 잡고 있지 않았나요?!』

"앗?! 죄, 죄송해요. 통신 상태가 나빠진 것 같아서 끊을게요!"

『잠깐……!』

이츠키는 황급히 전화를 끊었다.

조금 더 몰아붙여도 좋았겠지만…… 이쯤에서 용서해 주자.

"히나코……?"

이츠키는 마치 지뢰를 보는 것처럼 조심조심 돌아봤다.

"어…… 영화, 보러 가고 싶어?"

"……그날은 회식에 참석해야 해서 아무것도 할 수 없어."

그렇다면 아깐 왜 그랬냐고 말하고 싶은 것처럼, 이츠키는 의아한 기색을 보였다.

모르겠다. 나도 잘 모르겠다.

다만, 아——주 복잡한 기분이 들었다.

"……잘래."

"어?"

다시 침대에 드러누운 히나코를 보고 이츠키는 어리둥절했다.

똑딱똑딱. 시곗바늘 소리만 들렸다.

"저기, 히나코. 이제 목욕할 시간인데……."

"옮겨 줘."

"……."

"옮겨 줘."

이츠키는 당황했지만, 히나코는 무시했다.

결국 이츠키는 체념한 듯이 히나코를 공주님처럼 안고 방까지 데려다주었다.

옷을 입으면 잘 보이지 않는 의외로 튼튼한 팔에 안기면서 히나코는 승리의 기쁨을 만끽했다.

어떠냐, 텐노지 미레이.

이것이 물리적 거리의 힘이야.

　다음 날. 이날도 키오우 학원에서는 매니지먼트 게임 이야기로 시끌벅적했다.

　어제와 다른 점은 오늘의 내가 그 대화에 조금이나마 낄 수 있다는 것이다. 회사를 보유하고 출발선에 섰기에 모두가 이야기하는 내용을 당사자로서 받아들일 수 있게 된 것이다.

　"아니, 그렇다고 해서 토모나리 군, 회사 이름이 〈토모나리 기프트〉여도 되는 거야……?"

　아사히 양이 쓴웃음을 지으며 말했다. 옆에서 타이쇼도 복잡한 표정을 짓고 있다.

　쉬는 시간. 나는 타이쇼와 아사히 양 두 사람과 게임 이야기를 하고 있었다. 일단 티파티에서 여러 의견을 제시해 줬으니까, 진행 상황을 보고해야 한다고 생각했지만…….

　"조금 후회하고 있어요."

　"아앗?! 아니, 아니야. 별로 나쁘지 않은데?! 다만, 이름이 뭔가 제조업 같아서……."

　내가 침울해하자 아사히 양이 다급하게 기운을 북돋아 주었다.

　토모나리 기프트 주식회사. 그것이 내 회사 이름이다.

　타쿠마 씨의 말을 듣고 나서야 깨달았지만, 확실히 IT 기업 같지 않다는 생각이 들었다.

　"실적은 어때?"

　"스킵 기능을 사용한 직후에는 실적이 정체 중이었어요. 하지만 돌파구를 찾았으니 어떻게든 해결될 것 같네요."

"잘하고 있네. 우리도 정체 상황인데, 개선책을 도입해 볼까?"

타이쇼도 회사 경영에 골머리를 앓고 있는 모양이다.

(……타쿠마 씨의 숙제도 처리해야지.)

히나코, 텐노지 양, 나리카……. 이렇게 세 사람의 경영 방법을 조사하는 것이 숙제 내용이다.

기한은 금요일이니 이틀 남았다. 타쿠마 씨니까 느긋하게 하라는 뜻이 아니라 한 명 한 명 꼼꼼하게 조사하라는 거겠지.

가장 먼저 히나코를 보지만, 이미 반 아이들에게 둘러싸여 있었다. 매니지먼트 게임에 관해서 상담을 요청받고 있는 것 같다.

히나코와는 딱히 학교가 아니어도 이야기할 수 있다. 오히려 방과 후, 저택에 돌아간 다음에 차분히 이야기할 수 있을 것 같다.

……오늘은 텐노지 양에게 말을 걸어 보자.

내가 생각하는 텐노지 양 역시 히나코와 마찬가지로 항상 다양한 사람들에게 둘러싸여 있을 것 같다. 점심시간이나 방과 후에 하지 말고 지금 당장 일정을 물어보는 것이 좋을 것 같다.

그렇게 타쿠마 씨의 숙제에 관해서 생각하다가…….

"여러분."

부드럽고 온화한 목소리가 들렸다.

"아, 스미노에 양! 안녕~!"

"안녕하세요."

스미노에 양은 조용히 머리를 숙여 인사했다.

"어제는 티파티 초대를 거절해서 죄송했습니다."

"아니야. 신경 쓰지 마. 스미노에 양도 바쁠 테니까."

"매니지먼트 게임이 시작되면 할 일이 많아지니까 말이지."

아사히 양과 타이쇼가 각각 스미노에 양에게 말했다.

한편, 나는 발언할 타이밍을 놓치고 침묵했다.

"토모나리 군, 스미노에 양하고는 별로 말해 본 적 없어?"

"그러네요. 전혀 없는 건 아니지만……."

내 마음속을 간파했는지, 스미노에 양이 부드럽게 웃었다.

"우후후. 너무 긴장하지 마세요. 같은 반이니까요."

"죄송합니다……."

무심코 긴장한 것이 들킨 듯하다.

──스미노에 치카.

우리 반에서 히나코와 대등하게 대화할 수 있는 소수의 인물이다. 히나코나 텐노지 양 못지않게 예의 바른 행동거지와 더불어, 그 아리따운 외모는 남학생들 사이에서 자주 화제가 될 정도다.

눈처럼 새하얀 피부. 어깨에서 허리까지 부드럽게 퍼지는 검은 머리. 온화하고 청순한 분위기에서 히나코나 다른 아가씨들과는 또 다른 귀한 집 아가씨 느낌이 난다.

스미노에 양과 이야기를 나눈 것은 이번이 처음은 아니다. 예전에 내가 나리카의 외톨이 탈출 작전에 협력했을 때 몇 번 대화한 적이 있다. 히나코의 곁에 있으려면 히나코의 지인들과도 친해져야 한다고 생각한 나는 스미노에 양과도 어느 정도 이야기했다.

하지만 접점이 적어서 대화 횟수는 적었다. 그런 관계라서 갑자기 말을 걸면 나도 모르게 긴장하게 된다. 히나코와 텐노지 양은

~영애들이 다니는 명문 학교에서 제일가는 (생활력 없음) **아가씨**를 남몰래 돕는 시중 담당이 되었습니다~ 6

익숙해서 문제없지만, 오랜만에 뒷걸음질 칠 정도로 고귀한 오라가 느껴진다.

"이렇게 얼굴을 맞대고 이야기할 기회는 자주 없으니까요. 하지만 저는 토모나리 씨에 대해 많은 것을 안다고 생각하는데요?"

"어…… 그건 왜요?"

"토모나리 씨는 코노하나 양과 친한 사이인 것 같으니까요. 게다가……."

스미노에 양은 이 자리에 모인 사람들의 얼굴을 훑어보았다.

"토모나리 씨 주변에는 항상 다양한 사람들이 모이니까요."

"그래요……?"

"어머, 그걸 잘 모르는 점도 멋지네요."

그런 말을 대놓고 들으면 괜히 부끄러워진다.

뭐랄까…… 천사 같은 사람이구나.

순수하다고 할까, 때 묻지 않았다고 할까.

순위를 매길 생각은 없지만, 스미노에 양은 우리 반에서 히나코 다음으로 인기가 많다. 그 이유를 잘 알겠다. 좋은 가문과 성격을 겸비하고 있다.

그때 예비 종이 울렸다.

"아."

종소리를 듣고 나는 나도 모르게 소리를 냈다.

"무슨 일 있어, 토모나리 군?"

"아뇨……. 잠깐 텐노지 양과 하고 싶은 말이 있는데, 수업이 시작되니까 다음 쉬는 시간으로 미룰게요."

나는 타쿠마 씨가 내준 숙제를 처리하려고 텐노지 양과 이야기하고 싶었다.

"텐노지 양과……?"

문득 스미노에 양이 나를 쳐다보았다.

뭔가 신경 쓰이는 점이 있었던 것일까?

"그게 말이죠. 매니지먼트 게임 이야기를 하고 싶어서요."

"그랬군요……. 텐노지 양은 믿음직한 분이니까요."

스미노에 양은 납득한 표정을 지었다.

"스미노에 양은 작년에 텐노지 양과 같은 반이었죠?"

"맞아요. 여러모로 잘해 주셨어요. 텐노지 양은 그때부터 다른 반 사람들에게도 사랑받는 것 같았어요."

"1학년 때 그 정도면 대단하네요."

"그래요. 저렇게 상냥하고 고귀한 분을, 저는 더 몰라요."

왠지 모르게 텐노지 씨의 이야기가 나오자마자 스미노에 양이 감정이 풍부해진 것 같았다. 텐노지 양을 존경하는 거겠지.

잠시 후 모두가 자리에 앉고 수업이 시작되었다.

◆

수업이 끝난 후, 나는 예정대로 텐노지 양의 반으로 갔다.

C반 교실을 들여다보니, 반짝반짝 빛나는 금발 롤 헤어…… 텐노지 양을 발견했다.

역시나 텐노지 양은 같은 반 사람들에게 둘러싸여 있는데……
문득 교실 밖에 있는 나와 눈이 마주쳤다.

텐노지 양은 고개를 갸웃거리며 이쪽으로 다가온다.

"토모나리 씨, 무슨 일이에요?"

"죄송합니다. 상담하고 싶은 것이 있어서……."

반 친구들과 하는 대화를 방해해서 미안한 마음이 들지만……
어째서일까, 조금 전까지 텐노지 양과 이야기하던 학생들이 나
를 바라보며 뭔가 흥분하고 있었다.

"저기 저분은, 텐노지 양과 자주 차를 마시는……."

"그럼 저분도 고귀한 티파티 참가자……."

교실에 있는 여학생들의 목소리가 들려왔다.

"고귀한 티파티?"

"우리가 방과 후 주최하는 티파티가 언제부턴가 그렇게 불리
고 있는 것 같군요. 뭐, 그 멤버들을 생각하면 타당한 호칭이랍니
다."

나는 전혀 타당하지 않다고 생각하는데…….

타이쇼와 아사히 양 역시 고개를 절레절레 흔들 것 같다.

"오늘은 티파티 예정이 없죠?"

"그래요. 너무 자주 하면 게임에 집중할 수 없으니까요."

"그렇다면 개인적으로 방과 후에 잠시 이야기할 수 있을까요?"

그러자 교실에서 우리를 바라보던 여학생들이 더욱 흥분했다.

"대, 대담해……!"

"보기와는 다르게 당찬 분이네요……!"

소녀들의 성원이 들리고, 나는 식은땀을 흘렸다.

아뿔싸.

요즘 다들 친해져서 방심하고 있었다. 키오우 학원에 다니는 여학생들은 모두 엄청나게 애지중지 자란 아가씨들……. 즉, 연애와 인연이 없으면서, 그 화제에 굶주려 있다.

하지만 텐노지 양은 다른 여학생들과 달리 차분하게 고개를 끄덕였다.

"게임 이야기죠?"

"아, 그래요. 맞습니다. 죄송해요, 제가 좀 엉뚱하게 말해서."

"신경 쓰지 마셔요. 토모나리 씨가 원래 그런 사람인 건 잘 아니까요."

텐노지 양이 웃으며 말했다.

왜 그럴까. 그 미소가 조금 무섭게 느껴진다.

"다만, 오늘 방과 후엔 먼저 잡은 약속이 있어서 조금 늦어질 것 같군요……."

"괜찮습니다. 꼭 부탁드릴게요."

"알겠어요. 그럼 방과 후에 항상 가는 카페에서 집합해요."

좋아. 이로써 타쿠마 씨가 내준 숙제를 진행할 수 있을 것 같다.

"그건 그렇고, 어떤 일로 상담하고 싶은 건가요?"

"실은 지금 여러 사람의 경영에 관해서 알아보는 중이어서요."

"그렇군요. 아주 좋은 마음가짐이에요."

나도 텐노지 양의 경영에 관심이 있으니까, 숙제가 아니더라도 이야기를 듣고 싶었다.

(생활력 없음)

"나는 지금 섬유업 회사를 운영하고 있어요."

"섬유업이라고요?"

"그래요. 주로 합성섬유를 취급하는 업계 2위의 기업이에요."

이미 업계 2위라는 말은 게임 시작 후 설립한 것이 아니라, 처음부터 소유하고 있던 기업일 것이다.

"그럼 텐노지 양은 그 기업으로 1위가 되는 것이 지금의 목표인가요?"

"그건…… 모르겠네요."

어라……?

당연히 '물론이에요!' 같은 반응일 줄 알았는데, 예상이 빗나갔다.

"처음에는 그렇게 할 예정이었지만, 섬유업계의 1위 기업은 규모가 다르니까요. 이 기업을 3년 안에 추월하는 것은 현실적으로 불가능할지도 몰라요."

텐노지 양은 어려운 표정을 지었다.

(1등을 고집하는 텐노지 양치고는 너무 무덤덤한걸.)

사소한 위화감이 들었다.

무슨 작전이라도 있는 걸까? 아니면 경영에 관해서는 평소보다 더 신중한 걸까?

"말하자면 길어지니까, 자세한 이야기는 방과 후에 다시 하겠어요."

"네. 기대하겠습니다."

상당히 유익한 이야기를 들을 수 있을 것 같다.

바쁠 텐데 시간을 내줘서 고맙다.

"그건 그렇고…… 어젯밤에 통화했을 때의 이야기를 하겠는데요."

텐노지 양의 시선이 따갑다.

등줄기에 식은땀이 흘렀다.

"당신과 코노하나 양의 사정은 알지만…… 서, 설마 그런 시간에 방에 단둘이 있었던 건 아니겠죠……?!"

"그, 그게……."

"내 눈을 똑바로 보고 대답해 주셔요~~~~?"

텐노지 양이 얼굴을 가까이 들이댄다.

나는 무심코 눈을 피했다.

"테, 텐노지 양 때도 그런 적이 있었잖아요."

"내 때도……?"

"그, 텐노지 양의 집에 묵었을 때도……."

폭우로 텐노지 양의 집에서 묵었을 때 텐노지 양이 내가 있는 방으로 홍차를 가져다준 것을 말한다.

함께 '타도, 코노하나 히나코!!' 라고 외쳤을 때의 일이다.

목욕을 마치고, 머리를 내린 텐노지 양의 모습을 처음 보았을 때였다.

"텐노지 양은 잊으셨을지도 모르지만……."

"이, 잊을 리가……."

텐노지 양은 시선을 돌렸다.

"내, 내가…… 그날 일을 잊을 리가 없잖아요……."

텐노지 양의 뺨이 붉게 물들었다.

그건 무슨 뜻일까……? 그렇게 생각했지만, 차마 물어볼 수 없었다.

물어보면 뭔가 선을 넘을 것 같아서…….

"어…… 저기 두 분, 농담이 아니라 진짜로 좋은 분위기 아니에요……?"

"그러, 네요……. 저, 조금 두근거려요……."

교실에서 여학생들의 대화 소리가 들린다.

마치 보면 안 되는 것을 보는 듯한 그 시선을 느끼고, 나와 텐노지 양은 순식간에 정신이 번쩍 들었다.

"이, 이제 곧 수업이 시작되겠어요!"

"그, 그렇죠! 방과 후에 또 볼게요!"

빠른 걸음으로 자신의 교실로 돌아갔다.

다음이 방과 후여서 다행이다.

당분간 텐노지 양과 멀쩡하게 대화할 수 없을 것 같다.

◆

방과 후. 예정대로 나는 평소 자주 가는 카페로 향했다.

히나코에게는 미리 오늘 방과 후에 약속이 있어 같이 하교할 수 없다고 알렸다. 히나코는 요즘 들어 텐노지 양이 엮인 일이라면 여러모로 과격한 반응을 보여서, 누구를 만나는지는 말하지 않았다.

시즈네 씨에게만 몰래 사정을 말했더니 '확실히 지금 아가씨에게는 비밀로 하는 것이 좋을 것 같네요.' 라고 했다. 미안하지만, 올바른 판단을 한 것 같다.

카페에 도착해 잠시 기다리자 텐노지 양이 나타났다.

"토모나리 씨, 오래 기다리게 했군요."

"아뇨, 괜찮습니다."

텐노지 양이 의자를 끌어와 마주 앉는다.

그리고…… 작은 목소리로 질문했다.

"이건 어떤 상황이어요?"

"그건 저도 알고 싶네요……."

눈만 움직여 주변을 둘러본다.

카페는 평소와는 비교할 수 없을 정도로 붐비고 있었다.

다른 테이블에 앉은 학생들은…… 가만히 우리를 쳐다보고 있다.

"아마 쉬는 시간에 우리 대화를 들은 사람이 있었던 것 같군요. 하지만 이토록 주목받을 줄은 몰랐답니다."

텐노지 양은 난감한 표정을 지었다.

이런 이야기는 남학생보다 여학생들이 더 좋아하는 듯, 테이블에는 여학생들만 모여 있었다. 그들은 침착하지 못한 기색으로 우리의 대화에 귀를 쫑긋 세우고 있다.

잘사는 집 아가씨들은 한가한 사람이 많은 걸까?

그럴 리가 없지만…….

"저기, 우선은 원래의 목적을 달성해도 괜찮을까요?"

"그래요. 우리가 성실한 관계라는 것을 알면 여러분도 안심할 수 있을 거예요."

그렇게 말하고, 텐노지 양은 노트북을 테이블 위에 올려놓았다.

노트북 화면을 보려고 텐노지 양의 옆에 앉자 어디선가 "꺄악!" 하고 여학생의 흥분한 목소리가 들렸다.

나와 텐노지 양은 한순간 멈칫했지만, 우리는 못 들은 척했다.

노트북 화면에 텐노지 양의 회사 정보가 뜬다. 여러 기업을 운영하는 텐노지 양의 화면은 정보량이 매우 많아 내 화면과는 전혀 달랐다.

"텐노지 양은 섬유업 회사를 운영한다고 했죠?"

"그래요. 이 회사예요."

노트북 화면에 해당 기업의 정보가 표시된다.

업계 2위인 만큼, 자본금이나 직원 수도 내 회사와는 차원이 다르다.

"자…… 여기서 문제를 내겠어요."

텐노지 양이 나를 바라보며 말했다.

"사실 방금 나는 그 섬유업 회사와 관련해 어떤 결단을 내렸어요. 그게 뭔지 알아맞혀 보세요."

갑작스러운 문답 형식에 조금 놀랐지만, 차분히 생각해 본다.

텐노지 양의 회사는 업계 2위. 그렇다면 역시 1위 기업에 먹히지 않는 것이 중요할까?

다만, 결단을 내렸다고 하니, 안정적으로 성장하겠다는 방향은 아닌 듯하다.

　"경쟁사인 업계 1위 회사를 이기기 위해, 다른 업체와 업무 제휴를 맺었다거나 하는 건가요?"

　"나쁘지 않은 선이지만, 정답이 아니에요."

　텐노지 양은 고개를 가로저었다.

　"정답은…… 매각이에요."

　예상치 못한 대답에 나는 잠시 굳어버렸다.

　"매각?"

　"정확히 말하면, 그 약정을 체결한 거죠. 상대는 업계 1위 회사예요. 방과 후 선약이 있다고 한 것은 바로 이 사안에 관한 것이었답니다."

　경쟁사인 업계 1위 업체를 추월하기는커녕 그 업체에 자기 회사를 통째로 넘겼다는 얘기인가.

　왜 그런 일을…….

　내 의문을 눈치챘는지, 텐노지 양이 설명한다.

　"당연히 회사를 팔면 매각 차익을 얻을 수 있어요. 내가 매각한 회사는 업계 2위이고, 그 이익도 어마어마하죠. 이것을 다음 신규 사업에 투자할 거예요."

　텐노지 양은 홍차를 한 모금 마신 후 말을 잇는다.

　"내 예상으로는 장기적으로 봤을 때, 이 방향이 그룹의 평가액이 더 높아질 것 같답니다."

　나는 깜짝 놀란 채 조용히 노트북 화면을 주시했다.

　놀란 나를 보고 텐노지 양은 빙그레 웃으며 말한다.

"경쟁자라고 해도 적이라고는 할 수 없는 것이 경영의 묘미예요. 함부로 적을 만들어서는 안 된답니다?"

"명심하겠습니다……."

앞으로 내 회사가 더 커져서 지금 하는 선물용품 사업 외에 새로운 사업을 시작할 때 비슷한 문제에 직면할 가능성이 있다. 경쟁사의 힘이 강하다면 고집스럽게 경쟁하는 것만이 아니라, 과감히 양보하여 장기적 이익을 취하는 선택도 고려해야 할 것이다.

"어머, 메시지가……."

화면에 팝업창이 떴다.

거기에는 거래 상대로 추정되는 학생의 메시지가 표시되어 있었다.

『아까 이야기한 M&A 건, 감사합니다! 텐노지 양의 회사라면 저도 안심하고 인수할 수 있습니다!』

메시지를 본 텐노지 양은 좋은 반응을 확인한 듯 미소를 지었다.

"서로 윈윈할 수 있는 거래가 된 것 같아서 마음이 놓이네요."

아마도 이 학생의 회사는 텐노지 양의 회사를 인수해 더욱 힘을 키워 섬유업계에서 독보적인 규모로 성장해 나갈 것이다. 이 학생에게는 그 화려한 미래의 비전이 보이는 것 같다.

메시지에서는 그 기쁨을 엿볼 수 있다.

"만약 텐노지 양이 현실에서 그룹 대표가 되면 이런 식으로 M&A를 활용해 회사를 경영할 건가요?"

"현실에서 이토록 대담한 선택지를 고르긴 쉽지 않답니다. 다

(생활력 없음)
~영애들이 다니는 명문 학교에서 제일가는 **아가씨**를 남몰래 돕는 시중 담당이 되었습니다~ 6

만…… 언젠가 현실에서도 이런 결단에 직면하게 될 날이 올지도 모르죠. 나는 그때를 대비해서 지금 이 순간에 게임을 통해 공부하고 있는 거예요."

잊지 말아야 한다. 이건 시뮬레이션 게임이다. 배울 점이 더 많다면 현실에서는 선택하지 않을 행동을 과감히 고르는 것도 한 가지 방법이다.

"감사합니다. 좋은 걸 배웠어요."

"천만에요. 동지이자 동맹인 당신이 부탁하는 일이라면 얼마든지 들어줄 수 있답니다?"

기쁜 표정을 지으며 흥얼거리는 텐노지 양.

여전히 다른 사람을 돕는 것을 좋아하는 모양이다.

"그러니까 여러분도 이제 본업에 집중해야 해요."

텐노지 양은 카페에 모인 구경꾼들을 보며 말했다.

이쪽을 바라보던 여학생들이 "윽." 하고 난감한 소리를 냈다. 모두가 여기 모인 것은 분명 텐노지 양을 동경하기 때문일 것이다. 그 텐노지 양이 이렇게 분명하게 말하면 따를 수밖에 없다. 여학생들은 살짝 고개를 숙이고 뿔뿔이 흩어졌다.

마지막으로 여학생들의 목소리가 들린다.

"결국 두 분은 어떤 관계일까요?"

"앞으로도 신중하게 경과를 지켜봐야 할 것 같아요."

전혀 포기하지 않았다. 당분간 주위 시선을 의식하는 나날이 이어질 것 같다.

아니지……. 나는 주위의 시선을 신경 쓸 겨를이 없나.

"나도 더 열심히 해야지."

나는 M&A를 통해서 얻은 매각 차익으로 신규 사업을 시작한다는 발상을 떠올리지 못했다.

아쉽다. 더 많이 공부해서 텐노지 양과 같은 무대에 서고 싶다.

그런 생각을 하면서······.

"토모나리 씨."

텐노지 양이 진지한 얼굴로 말했다.

"애쓰는 건 좋지만, 지나쳐서는 안 돼요. 알겠죠?"

"······?"

무리하지 말라는 뜻일까?

그렇다면 나도 그럴 마음은 없다. "알겠습니다." 하고 고개를 끄덕였다.

◆

텐노지 양과 헤어진 뒤, 나는 코노하나 저택으로 돌아와 히나코의 방으로 갔다.

다음은 히나코의 경영에 대해 알아보고 싶다.

방 앞에 도착한 나는 문을 두드렸다.

"히나코, 잠깐 괜찮아?"

"이츠키 씨인가요? 잠시만 기다려 주세요."

문 너머에서 시즈네 씨의 목소리가 들렸다.

문이 열리고, 방 안으로 들어간다.

"시즈네 씨도 여기 있었군요."

"네. 아가씨를 지원하려고요."

"지원?"

시즈네 씨는 손에 든 태블릿을 흔들며 말했다.

"매니지먼트 게임 중에는 제가 아가씨 비서를 맡고 있습니다."

태블릿 화면은 글자와 그래프로 가득했다. 전부 회사 자료일까. 방대한 정보량이다.

"이츠키…… 무슨 일이야?"

노트북을 바라보고 있던 히나코가 이쪽을 바라보며 물었다.

마침 게임을 진행 중이었던 모양이다.

나는 "지금 매니지먼트 게임을 공부하면서 다른 사람의 경영 방식을 조사하고 있어. 괜찮다면 견학해도 될까?"라고 물었다.

타쿠마 씨의 숙제라는 말은 하지 않기로 했다. 히나코는 타쿠마의 타 자만 들어도 인상을 쓰기 때문이다.

"괜찮아. 하지만 금방 끝낼 예정이니까……."

"예정대로 앞으로 한 시간 동안은 게임에 집중해 주세요."

"으으……."

히나코는 서글픈 기색으로 노트북을 다시 바라보았다.

마실 것이라도 준비해 오면 좋았을 텐데, 자세히 보니 책상 너머로 다기를 실은 왜건이 있었다. 시즈네 씨가 가져온 것 같다.

띠링. 히나코의 노트북에서 소리가 났다.

화면에는 다른 학생에게서 온 메시지가 표시되어 있었다.

『저기, 코노하나 양. 잠시 상담을 들어주실 수 있나요?』

히나코는 바로 대답했다.

『괜찮아요. 무슨 일이세요?』

『사업 매각을 검토하고 있는데, 주주총회에서 AI가 반대하고 있어요. 어떻게 하면 좋을까요?』

어려운 문제다.

메시지를 확인하고, 히나코는 시즈네 씨에게 재빨리 손을 내밀었다.

"시즈네."

"네, 아가씨. 이쪽 기업이군요."

시즈네 씨가 히나코에게 태블릿을 건넸다.

"일단 이츠키 씨에게도 공유해 드리죠."

"감사합니다."

시즈네 씨가 스마트폰을 건넸다. 화면에는 히나코가 보고 있는 것과 같은, 메시지를 보낸 학생의 기업 정보가 표시되어 있다.

『비공개 기업으로 전환하는 게 어떨까요? 그렇게 하면 경영권을 발휘하기 편해질 것 같고, 당신 회사라면 단점도 적을 것 같아요.』

『감사합니다! 제 회사까지 알아봐 주셨군요!』

히나코의 대답에 상대 학생은 감격스러워했다.

『그나저나 그 사업, 혹시 괜찮으시다면 제가 사도 될까요?』

『네?』

"어?"

상대 학생만이 아니라 나도 놀랐다.

(생활력 없음)
~영애들이 다니는 명문 학교에서 제일가는 **아가씨**를 남몰래 돕는 시종 담당이 되었습니다~ 6

시즈네 씨에게 받은 자료를 읽어 본다. 재무 정보를 확인했지만, 지금 이야기하고 있는 사업은 솔직히 그다지 매력적이지 않은 것 같았다.

"괜찮아, 히나코? 이 사업은 적자가 계속되는 것 같은데……."

"괜찮아……. 나라면 다시 세울 수 있을 거야."

히나코는 담담하게 말했다.

상대 학생도 놀란 듯이 메시지를 보낸다.

『저기, 그래도 괜찮을까요?』

『네, 괜찮아요. 혹시 모르니 그쪽의 사업 데이터를 보내주실 수 있을까요? 최대한 상세하게 부탁드려요.』

곧이어 상대 학생이 사업 데이터를 보냈다. 우리가 가지고 있는 서류 데이터에 비해 훨씬 더 세밀하고 방대한 수치가 기재되어 있었다.

히나코는 화면에 나타난 그 데이터를 멍하니 바라보았다.

정말 괜찮을까……?

히나코가 무슨 생각을 하는지 알 수 없어서 불안해진다.

그런 나를 보고 시즈네 씨는 한숨을 쉬었다.

"그렇군요. 이츠키 씨는 아가씨와 거리가 너무 가까워서 그런지, 아가씨의 재능을 잘 모르는 것 같네요."

"재능……?"

고개를 갸웃거리는 내게, 시즈네 씨가 고개를 끄덕인다.

"걱정하지 마세요. 아가씨께서는 그 카겐 님께서 '실무 능력은 천재적'이라고 말씀하실 정도의 인재니까요."

"아."

맞다.

그랬다.

키오우 학원에 다니는 다른 사람들과는 달리, 나로서는 히나코는 본래 모습에 대한 인상이 더 뚜렷하다.

하지만 히나코는 틀림없이 코노하나 그룹의 영애이고, 그 키오우 학원에서 완벽한 숙녀라고 불릴 만큼 뛰어난 재능을 지녔다.

"상품…… 파악."

작은 목소리로 히나코가 중얼거렸다.

"설비…… 파악."

히나코는 가만히 화면을 응시했다.

엄청난 속도로 데이터를 읽어나간다.

"직원…… 파악."

딸깍딸깍, 빠르게 마우스를 클릭한다.

"거래처…… 파악."

히나코는 조용히, 깊게 숨을 들이마시며 집중한다.

이윽고 히나코는 작게 숨을 내쉬며…….

"……응, 전부 파악했어."

히나코는 등을 살짝 펴며 말했다.

"견적이 엉성하고…… 과불금도 많아. 하지만 계약 내용을 면밀하게 검토해서 그 부분을 고치면…… 2년 뒤에는 흑자로 전환할 거야."

나는 히나코가 무슨 말을 하는지 몰랐다.

무엇을 보고 있는지도 몰랐다.

다만 무슨 일이 일어났는지는 알 수 있었다.

히나코는 이 짧은 몇 분 동안 사업의 데이터를 속속들이 파악한 것이다. 그렇지 않았다면 이렇게 명확한 결론을 내릴 수 없었을 것이다.

——소름이 돋았다.

보통은 이렇게 데이터를 휙 던져준다고 해서 순식간에 그 전모를 파악할 수 있을 리가 없다. 나도 경영을 공부하기 시작했기에 그 수완이 남다르다는 것을 깨달았다.

그런 나의 놀라움을 아는지 모르는지, 히나코는 메시지를 보냈다.

『부디 매각해 주세요.』

『감사합니다!』

나는 두 사람이 주고받는 메시지를 멍하니 바라볼 수밖에 없었다.

"아가씨께선 자신이 보유한 리소스를 완벽하게 파악하여 활용하실 수 있어요."

시즈네 씨가 설명한다.

"물론, 결코 쉬운 일이 아닙니다. 회사라는 것은 몸집이 커질수록 통제 불능에 빠지기 쉽고, 사장조차도 그 전모를 파악할 수 없어지는 법이죠. 하지만 아가씨는 달라요. 아가씨의 두뇌라면 모든 수치를 파악해 올바른 방향으로 이끌 수 있습니다."

시즈네 씨는 히나코를 바라본다. 그 눈빛에는 진심 어린 존경심이 깃들어 있었다.

"불필요한 지출을 줄이고 설비와 인재를 최대한 활용하는…… 가장 견실하고 왕도적인 경영이라고 할 수 있죠."

왕도……. 너무나도 정곡을 찌르는 표현이라는 생각이 들었다.

카겐 씨가 아버지가 아닌 경영자의 시선으로 히나코를 보는 마음도 이해가 간다.

히나코는 틀림없이 사람들 위에 서야 하는 그릇이다.

여기에 겉으로는 주변 평판도 좋으니 그야말로 완벽하다고 표현할 수밖에 없다.

"휴……. 피곤해."

그 학생과의 대화가 끝난 듯, 히나코는 긴장을 풀었다.

"수고했어, 히나코."

"응. ……배울 게 있었어?"

"아. 정말 도움이 많이 됐어."

"으헤헤……."

히나코는 기쁜 듯이 웃는다.

이쪽의 히나코와도 가까워져야지.

완벽한 숙녀와 본래의 히나코. 분명 양쪽 다 히나코에게는 소중한 요소일 것이다.

지금 내가 목격한 광경은 매우 충격적이고, 약간의 존경심과 함께 두려움이 생겼다. 히나코의 행동이 너무 완벽한 숙녀 같아서 내가 아는 히나코의 인상이 날아갈 것 같았다.

생각해 보면 키오우 학원의 모든 사람은 지금껏 이런 감정을 느

(생활력 없음)

끼고 있었을 것이다.

키오우 학원에 있을 때 히나코는 보여주는 행동은 연기지만, 능력은 진짜다. 조금 실수하더라도 그 능력을 써서 억지로 얼버무릴 수 있다.

그렇기에 나만은 속으면 안 된다.

겉과 속, 어느 쪽의 히나코라도 친근하게 다가갈 수 있는 사람이 되고 싶다.

그러기 위해서 나는 코노하나 그룹의 임원을…… 조금이라도 히나코와 대등하다고 말할 수 있는 지위를 목표로 삼은 거니까.

"……자칭 동지한테는 지지 않을 거야."

히나코가 불쑥 중얼거렸다.

히나코는 히나코대로 이상한 결의를 품고 있었다.

"이츠키 씨."

시즈네 씨가 조용히 나를 불렀다.

손짓한다는 것은 히나코에게 비밀로 상담할 것이 있다는 뜻이리라. 게임에 집중하고 있는 히나코가 눈치채지 못하도록 나는 시즈네 씨에게 다가갔다.

"무슨 일이죠?"

"다음에는 미야코지마 님에게 연락하실 건가요?"

"그럴 생각인데요. 왜 그걸?"

"이츠키 씨의 인맥으로 봤을 때, 텐노지 님에 이어서 아가씨라면 다음 상대는 어느 정도 예상할 수 있습니다."

확실히 텐노지 양과 히나코와 어깨를 나란히 할 만한 가문의 학생이자 내가 아는 사람이라면 나리카 정도밖에 없다.

"한 가지 부탁이 있는데, 미야코지마 님의 경영에 대해 뭔가 알아낸 것이 있으면 저에게도 알려주실 수 있을까요?"

"그건 뭐, 괜찮을 것 같은데요. 이유가 뭐죠?"

"미야코지마 님이 소유하는 회사, 시맥스의 매출이 순조롭게 성장하고 있기 때문이에요. 만약 비결 같은 것이 있다면 꼭 아가씨께도 알려드리고 싶어서요."

나리카의 회사는 내가 모르는 사이에 성장하고 있는 모양이다.

게임이 시작된 지도 얼마 되지 않았는데……. 나는 그렇게 생각했지만, 게임 내에서는 이미 한 달이 넘는 시간이 흘렀다고 한다. 슬슬 성과에서 차이가 나기 시작해도 이상하지 않다.

"스파이가 되어 달라고 요청하는 건 아니니까, 본인이 허락하지 않는다면 말씀해 주시지 않아도 됩니다."

"알겠습니다. 아마 나리카라면 허락해 줄 거예요."

나리카는 딱히 탐색전을 좋아하는 성격이 아니다.

그나저나…… 설마 나리카가 순조롭게 성과를 내고 있을 줄은 몰랐다.

평소의 행동으로는 짐작할 수 없는데, 도대체 어떤 식으로 경영하는 걸까?

◆

다음 날.

"토모나리, 그쪽으로 공이 갔어!"

"네!"

2학기 체육 수업은 농구로 시작되었다.

리바운드한 공을 잡아 드리블로 상대 코트까지 단숨에 달려간다.

"가라, 토모나리!"

레이업 슛을 쏘자, 펄럭 소리와 함께 공이 골대에 꽂혔다.

"잘했어!"

"감사합니다."

타이쇼와 하이파이브를 한다.

우연히 내가 공을 잡았을 때 상대 코트가 비어 있었다. 운 좋게 성공한 카운터였지만, 이로써 우리 팀이 승리했다.

휘슬이 울리고 경기가 끝났다.

우리 팀은 이제 잠시 휴식을 취한다.

체육관 구석에 기대어 뺨에 흐르는 땀을 체육복 옷깃으로 닦아낸다.

호흡을 가다듬고 있는데, 옆에서 학생들이 나누는 대화가 귀에 들렸다.

"어제 말했던 그 아이디어가 꽤 좋은 평가를 받았어."

"아하…… 슈퍼마켓의 신상품을 개발하는 시스템이었지?"

"그래. 개발 단계에서 소비자 테스트를 하면 성공 확률이 높아질 것 같았거든. 현실에서도 해보면 좋겠어."

"매니지먼트 게임에서 성공하면 부모님을 설득할 수 있을지도 몰라."

두 남학생의 대화를, 나는 머릿속으로 곱씹으며 이해하려고 노력했다.

기존에는 신상품을 개발할 때 직원들끼리만 팔릴지 안 팔릴지 판단했지만, 이를 불특정 다수의 소비자…… 평소 슈퍼마켓을 찾는 손님들에게 아르바이트 느낌으로 맡김으로써 고객의 시점에서 출시 전 상품을 평가할 수 있게 되었다고 한다.

(흥미로운걸.)

무의식중에 입꼬리가 올라간다.

키오우 학원의 분위기는 날이 갈수록 매니지먼트 게임 일색으로 변해가고 있는데, 어쩐지 나만 허둥대는 것 같고 다른 학생들은 태연하게…… 아니, 오히려 활기가 넘쳐났다.

생각해 보면 학생들은 평소에도 머릿속으로 자기 집안에서 하는 일……. 즉, 회사에 대해 진지하게 생각하고 있었을 것이다. 매니지먼트 게임은 그 생각이 밖으로 드러나는 계기가 되었을 뿐, 학생들 자신은 게임 전후로 달라진 것이 없다.

그 증거로 요즘 다들 왠지 모르게 즐거워 보인다.

평소 말수가 적었던 학생들도 마치 봇물이 터진 것처럼 그동안 머릿속으로만 생각하던 아이디어들을 쏟아낸다.

그런 분위기에 영향을 받았는지, 나도 조금씩 즐거워지고 있다.

(나리카에게 언제 말을 걸까?)

타쿠마 씨가 내준 숙제를 생각해 본다.

솔직히 나리카의 경영은 전혀 예측할 수 없다.

(생활력 없음)

텐노지 양과 히나코는 경영 스타일이 각각 달랐지만, 둘 다 지식과 경험을 바탕으로 한 탁월한 경영이었다. 하지만 나리카에게…… 두 사람과 견줄 만큼 머리가 좋다고 할 수 없는 나리카에게 그런 방식이 가능할 것 같지는 않다. 뭐, 애초에 텐노지 양과 히나코가 키오우 학원에서도 유달리 우수한 거지만.

시즈네 씨에게 이야기를 들은 후에도 나리카가 뭘 하는지 예상할 수 없었다.

옆 코트로 시선을 돌리자, 마침 방금 휴식 시간이 된 나리카를 발견했다.

운동하는 나리카의 모습은 누구라도 한눈에 반할 만큼 매력적이었다. '쿨뷰티'라는 평판이 널리 퍼질 만도 하다. 아직 경기의 여운이 가시지 않았는지 진지한 얼굴로 땀을 닦는 모습을 여러 학생이 동경하는 눈으로 바라보고 있었다.

"미야코지마 양! 아까의 슛, 멋있었어요!"

"그, 그래. 고맙다."

게다가 지금의 나리카는 예전과 달리 항상 고독한 것도 아니다. 여전히 딱딱한 느낌은 있지만, 나름대로 잘 교류하고 있다.

많이 성장했구나.

그동안의 고생을 알기에 감회가 새롭다.

"나리카."

우연히 근처에서 쉬고 있었기에 마침 잘됐다 싶어 나리카에게 말을 건넸다.

돌아본 나리카는 환한 미소를 지으며 이쪽으로 다가왔다.

"이츠키! 무슨 일이야?"

이렇게 강아지 같은 친근함을 나 말고도 발휘할 수 있다면, 아마도 지금보다 더 많은 사람에게 사랑받을 수 있으리라.

"매니지먼트 게임에 대해 잠깐 얘기를 들어도 될까?"

"음……. 뭐, 도움이 될지는 모르겠지만, 괜찮아."

나리카의 얼굴이 잠시 움찔했다.

그다지 자신감이 없어 보이는 반응이다.

"나리카는 어떤 식으로 회사를 경영하고 있어?"

"어떤 식이냐고 물어봐도…… 나는 별로 특이한 걸 하진 않아. 특별한 지식이나 기술도 없으니까."

"그래도 실적은 잘 나오고 있다며?"

"그런 것 같군. 별로 실감하진 못하지만…….."

"예를 들면 요새는 어떤 걸 했어?"

내가 묻자, 나리카는 잠시 생각에 잠기더니 대답했다.

"맞춤형 러닝화를 개발했다."

나리카는 계속해서 설명한다.

"발 모양은 좌우로도 미묘하게 차이가 있다. 발바닥에서 땅에 닿지 않는 곳의 높이라든가, 발가락의 길이라든가. 그렇게 사람마다 다른 발 모양에 맞는 신발을 만들고 싶어서 아이디어를 제출했더니 예상보다 평가가 좋더군. 기계로 발 모양을 스캔한 뒤 3D 프린터로 각 부품을 제조하는 방법이 좋은 평가로 이어진 것 같다."

"그렇구나…… 용케 그런 걸 생각했네."

(생활력 없음)

"맞춤 제작 자체는 스니커즈나 부츠 업계에서 오래전부터 활발하게 이루어지고 있거든. 그걸 참고로 삼은 거지."

나는 맞춤 제작 신발이 없지만, 확실히 고급 스니커즈는 장인이 한 명의 고객을 위해 정성스럽게 제작하는 이미지가 있다. 나리카의 아이디어가 인정받은 이유는 장인 정신의 디지털화라는 방식이 획기적이기 때문이 아닐까 싶다.

"다른 건 없어?"

"다른 거라면…… 신발 이전에는 여성용 컴프레션 웨어를 개발했지."

"컴프레션 웨어?"

"몸을 가볍게 조여주는, 타이츠 같은 소재의 스포츠웨어다. 피로 해소와 운동 능력 향상 효과가 있지만, 몸의 윤곽이 뚜렷하게 드러나서 사람에 따라서는 입기 불편할 수 있지. 그래서 디자인으로 그 단점을 커버할 수 없을까 생각해 봤다. 예를 들어 복부라인이 날씬해 보이도록 이 부분에 하얀색 라인을 넣어서……."

나리카가 자기 배를 만지며 자세히 설명해 준다.

뭐가 특별한 지식이나 기술이 없다는 거야.

있잖아.

특별한 지식. 그것도 타의 추종을 불허할 정도로.

스포츠에 관해서는 나리카는 옛날부터 무적이었다. 텐노지 양이나 히나코도 따라올 수 없을 정도로. 이토록 열정적으로 아이디어를 내는 데다가 그 모든 것이 지금 당장 실현할 수 있는 거니까, 시즈네 씨가 관심을 보일 만큼의 성과를 낸 것도 납득이 간다.

"어, 어떠냐? 도움이 되었냐?"

"그래. 솔직히 깜짝 놀랐어. 나리카도 진지하게 하고 있구나."

"너, 넌! 나를 뭐라고 생각하는 거냐! 아니 뭐, 평소의 나라면 도저히 상상할 수 없을지도 모르겠지만……."

분개하고, 침울해하고, 정말 바쁜 성격이다.

"사실은 막과자 가게를 하고 싶었다……."

"아직도 그런 소릴 하는 거야?"

"그래……. 오랜만에 호되게 혼났다."

나리카가 진심인 만큼, 부모님도 진심으로 혼냈을 것이다.

나리카는 자신의 미래를 어떻게 생각하고 있을까……?

"그러고 보니 나리카는 스포츠 선수가 되고 싶다는 생각은 안 해봤어?"

"음……. 그 질문은 자주 받는데, 솔직히 그런 생각은 없다. 스포츠는 재미있고 적성에 맞는다는 것을 알지만, 나는 다른 사람에게 추천하는 것을 더 좋아한다."

나리카의 부모님도, 나리카의 이런 기질을 꿰뚫어 본 걸지도 모른다.

만약 나리카가 진심으로 가업을 이어받을 생각이 없이 막과자 가게를 시작하겠다고 했다면 아마 부모님은 태도를 바꿨을 것이다. 하지만 결국 나리카는 가업을 물려받게 될 것이다.

"이츠키는 그 이후로 테니스는 안 하는 거냐?"

"그렇지. 여러모로 바빠서."

"이츠키의 처지를 생각하면 어쩔 수 없겠군. 또 하고 싶어지면 언제든지 말해 줘. 내가 이츠키에게 가르칠 수 있는, 유일한 거니까!"

나리카는 당당하게 말했다.

꼭 그것만 있는 건 아니지만…….

앞만 보고 노력하는 나리카에게 자극받은 경우는 결코 적지 않다. 게다가 나리카는 부정적인 성격이라 본인의 장점을 깨닫지 못할 뿐이지, 존경할 만한 점이 많다.

"미야코지마 양, 매니지먼트 게임 이야기인가요?"

그때 쉬고 있던 여학생이 나리카에게 말을 걸었다.

나리카는 순간적으로 긴장하며 굳은 표정을 지었다. 나는 내 뺨에 두 손을 대고 나리카에게 얼굴을 풀라는 제스처를 취했다.

나리카는 표정을 조금 풀고 뒤돌아본다.

"그, 그래. 그렇다."

"저기, 오늘 방과 후에 우리 반 아이들끼리 게임에 관해서 이야기할 예정인데, 괜찮다면 미야코지마 양도 함께 참가해 주실래요?"

"어, 내가……?!"

"네!"

여학생의 순수한 호의를 보고, 나리카는 몹시 당황했다.

"어, 어어어, 어어, 어쩌면 좋지, 이츠키……?! 어떻게 하면 좋을까……?!"

성장했다고…… 생각했는데……….

(생활력 없음)

이럴 때는 나리카를 위해서라도 마음을 독하게 먹자.

나리카 대신 내가 대답한다.

"참가한다고 합니다."

"이츠키?!"

"굉장히 도움이 되는 이야기를 들을 수 있으니까, 기대해도 좋아요."

"이츠키?!"

울상을 짓는 나리카를 마음속으로 응원하고, 나는 남자 코트 쪽으로 이동했다.

2장 스미노에 치카

매니지먼트 게임이 시작된 후 첫 번째 금요일이 왔다.

게임 기간 중 금요일은 휴교이며, 토요일과 마찬가지로 아침부터 밤까지 게임에 로그인할 수 있는 상태가 된다. 즉, 매니지먼트 게임 기간 중 금요일은 게임에 전념할 수 있는 휴일인 셈이다.

『그래. 세 사람 모두 요점을 이해하고 있구나.』

이날 나는 타쿠마 씨와 영상통화를 하고 있었다.

타쿠마 씨는 내가 보낸 숙제에 대한 답을 확인하고 만족스럽게 말했다.

『M&A를 중심으로 회사 규모와 매출을 늘리려고 하는 텐노지 양. 견실하고 군더더기 없는 경영으로 탄탄한 지위를 유지하고 있는 히나코. 획기적인 상품을 연이어 내놓는 미야코지마 양. 그야말로 삼자삼색의 경영 스타일이야.』

타쿠마 씨는 내가 지난 며칠간 조사한 세 사람의 경영에 관해 간략하게 요약해 주었다.

『특기할 만한 것은 미야코지마 양의 경영 스타일이야. 이건 천재의 방식이지. 좋은 의미에서 반칙이라고 해도 좋아. 세상의 경영자들은 그게 안 되니까 시행착오를 겪는데 말이지.』

타쿠마 씨는 솔직하게 감탄하는 투로 말했다.

히나코와 텐노지 양을 제치고 나리카가 이 분야에서 천재라고 불릴 줄이야…… 놀랍기도 하지만, 납득이 간다. 나리카의 아이디어는 모두 이용자 시점에서 생각한 것들이었다. 무작정 아이디어를 내놓는 것이 아니다.

히나코가 왕도라면 텐노지 양은 패도, 그리고 나리카는…… 반칙에 가까워서 사마외도일까?

『자, 그렇다면 세 사람의 경영 스타일 중에서 이츠키 군이 본받아야 할 것은 뭘까?』

조금 생각해 봐서는, 나는 어느 것도 흉내 낼 수 없을 것 같다.

지금의 나는 회사를 인수할 자금도 없고, 뛰어난 지식도 없다.

다만, 굳이 말하자면…….

"텐노지 양의, 신규 사업 활성화입니다."

『정답이야. 신규 사업이나, 서비스 확충이 급선무지.』

타쿠마 씨가 고개를 끄덕였다.

『구체적으론 뭐가 떠오르지?』

"글쎄요……. 타깃 시장을 늘리는 것은 어떨까요? 그러면 수익을 낼 수 있는 근본적인 구조가 늘어나 장기적으로 활성화될 수 있을 것 같아요."

『나쁘지 않아. 괜찮지 않을까? 경영자다운 사고방식이 몸에 잘 배었어.』

그야 타쿠마 선생님의 가르침을 받아들이기 위해 열심히 공부하고 있으니까.

『다만, 함정에 빠지기 전에 한 가지 주의할 점을 알려줄게. 사업을 수익률로만 보지 않는 것이 중요해.』

화면 너머에서 타쿠마 씨가 진지한 얼굴로 말한다.

『기업의 존재 가치는 참으로 각양각색이라고 말할 수 있거든. 예를 들어 지역 밀착형 슈퍼마켓……. 소매업은 수익률만 놓고 보면 불리한 분야지만, 그 대신 지역 경제에 공헌하는 바가 커. 좋은 상품을 제공하는 것뿐만이 아니라, 일자리 창출이라는 가치도 있지.』

동맹을 만들 때 티파티에서 히나코가 했던 말이기도 하다.

회사의 존재 가치는 다양하며, 그 의의 자체는 경쟁하는 것이 아니다.

『네 서비스는 아무거나 파는 인터넷 쇼핑몰이 아니라 일부러 선물에 초점을 맞춘 인터넷 쇼핑몰이야. 수익률만 따지면 언젠가는 반드시 콘셉트와 충돌해.』

"흔들리지 않는 것이 중요하다는 말씀이시군요."

『그래. 새로운 시장을 내다보는 것은 좋지만, 이익에 눈이 멀어 콘셉트를 놓치면 안 돼.』

알기 쉽고 신뢰하기 쉽다. 고객은 그런 경영을 원하겠지.

결국 경영의 핵심은 '얼마나 사람들에게 사랑받는가' 라는 한마디로 요약할 수 있다.

매출과 같은 숫자도 중요하지만, 결국에는 감정으로 귀결되는 것이 아닐까.

『불필요하게 흔들리지 않기 위해서라도, 세계관을 만들자고 제안한 거야. 이쪽도 나름대로 나름대로의 답을 찾았나 본데.』

"네. 어른의 멋스러움을 연출할 수 있는, 세련된 분위기로 만들어 봤습니다. 이걸로 광고도 내보려고 합니다."

토모나리 기프트의 쇼핑몰 사이트는 부담 없이 선물을 주고받는 인간관계가 멋지고, 어른스럽게 연출될 수 있도록 디자인했다. 실제로 내가 한 일은 직원인 AI 엔지니어에게 '이렇게 만들어 달라'고 주문한 게 전부인데, 이런 흐름은 현실에서도 비슷하다고 한다.

『방침은 정해졌네. 그러면 이번 상담은 이쯤에서 끝내자.』

"거의 확인만 하다가 끝난 것 같은데요."

『그만큼 순조로운 거야.』

타쿠마 씨는 계속해서 말했다.

『보통 경영에 대해 아무것도 모르는 사람이 처음부터 창업하면 자기 생각만 앞서게 돼. 자신이 표현하고 싶은 것, 팔고 싶은 것들만 상품에 반영하는 거지. 그 점에서 너는 처음부터 고객의 시점이 있었고. 이츠키 군에겐 경영 센스가 있어.』

"감사합니다."

칭찬받을 줄은 몰랐기에 조금 놀랐다.

──기쁘다.

지금까지 맨바닥에서 노력했으니까, 칭찬받으면 정말 기뻤다.

게다가 칭찬해 준 사람이 타쿠마 씨다. 항상 엄격한 사람에게 칭찬받으면 정말 잘하고 있다는 것을 실감하게 된다.

『의욕도 많아 보이는데, 뭔가 심경의 변화라도 있었나?』

"심경의 변화라고 할 정도는 아니지만, 매니지먼트 게임이 시작되고 나서 학교 사람들이 모두 활기차 보이는 것 같아서요……."

어제 체육관에서 우리 반 아이들이 하는 이야기를 듣던 때가 생각난다.

"저도 이 게임을 즐겨야겠다고 생각했어요. 사실 가상의 회사이긴 하지만 숫자가 성장하는 것을 보는 것도 재미있어요."

비록 처음에는 위기감이나 의무감에 이끌렸던 것 같지만, 지금은 순수하게 게임을 즐기는 마음으로 임하고 있다.

『그래. 경영은 즐겁고 재미있어.』

타쿠마 씨는 웃으며 말했다.

『키오우 학원의 학생 태반이 장래에 경영자가 되지만, 단순히 부모의 뒤를 잇고 싶어서 그러는 게 아니야. 다들 경영의 즐거움을 알기 때문이지. 그들은 어렸을 때부터 부모를 뒤에서 보고 경영의 매력을 눈치챈 거지. 이만큼 지적이고 자극적인 세상은 없어.』

왠지 모르게 들뜬 목소리인 타쿠마 씨의 말을 듣고, 나는 문득 생각했다.

타쿠마 씨는 경영을 좋아하는구나.

이해할 수 없다는 인상이 강했던 타쿠마 씨. 이제야 그 본성을 조금이나마 엿볼 수 있었던 것 같다.

그렇다고 해서 타쿠마 씨의 가치관이 변한 것은 아니다. 타쿠마 씨는 지금도 카겐 씨와 히나코를 위해서라면 코노하나 그룹을 해체해도 좋다고 생각하고 있다.

나를 제자로 삼은 것도 나를 위해서가 아닐 것이다. 이유는 잘 모르겠지만, 타쿠마 씨가 봤을 때는 내게 경영술을 가르치는 것이 자신의 이득으로 이어지는 것 같다.

다만, 그런 점을 감안하더라도…….

(이 사람은 역시 나쁜 사람이 아니야.)

좋든 나쁘든 자신이 하고 싶은 일에 솔직할 뿐이다.

이 사람에게는 선의도 악의도 없다.

그것은 어쩌면…… 신뢰할 수 있다는 뜻일지도 모른다.

『다른 질문은 없어?』

타쿠마 씨의 물음에 나는 이틀 전의 일을 떠올렸다.

"히나코의 경영 방식을 조사하는 과정에 우연히 알게 된 건데, 매니지먼트 게임에도 주주총회가 있는 것 같아서……. 저도 언젠가 그런 걸 하는 걸까요?"

『평소에 주주들과 대립한다면 모르겠지만, 이츠키 군은 그렇지 않으니까 그냥 건너뛸 수도 있어. 현실에서도 창업한 지 얼마 안 된 벤처기업은 애초에 평소에도 주주들과 연락을 주고받으니까 주주총회를 열어서 이야기할 일이 없거든.』

주주총회에 대한 지식도 있으면 좋겠다고 생각했는데, 우선순위가 낮은 것 같다.

솔직히 다행이다. 지금은 다른 일로 바쁘다.

『그럼 다음 숙제를 내줄게. 우선 회사의 경영 상태를 파악해. 구체적으로는 BS와 PL을 볼 줄 알았으면 좋겠어.』

"알겠습니다."

BS(Balance Sheet)는 대차대조표라고도 불리는, 회사의 재무 상태를 나타내는 표이고, PL(Profit and Loss)은 손익계산서라고도 불리는, 회사의 경영 성과를 나타내는 표이다.

『그리고 말인데, 이츠키 군은 상장할 생각이 있어?』

상장. 별로 의식하지 않았던 키워드가 등장했다.

"지금은 아직, 거기까지는 생각 안 해봤어요."

『뭐, 3년밖에 경영할 수 없으니까, 출구전략은 대충 해도 되겠지?』

타쿠마 씨가 조용히 무언가를 중얼거린다.

『그럼, 주식에 대해 조금 더 이해해 볼까?』

"주식이요?"

『M&A 얘기도 나왔으니 딱 좋아. 가능하다면 자사 주식의 평가액이 어떻게 계산되는지도 알아보는 게 좋겠어. 그러면 자신이 해야 할 일이 보일 거야.』

"그렇군요……. 알겠습니다."

『평가액이 갑자기 뛰어올라 세금을 낼 수 없는 경우의 대책이 되기도 하는데…… 이것도 게임에서는 관계없겠군.』

숙제를 텍스트 파일에 메모해 둔다.

내용이 조금 어려우니까 나중에 회의록을 공유하면서 확인하는 것이 좋을 것 같다.

"지금 와서 하는 말이지만, 타쿠마 씨는 키오우 학원에 안 다녔죠? 왜 그렇게 매니지먼트 게임에 대해 잘 아시는 거죠?"

『그건 시즈네한테 들은 건가?』

나는 고개를 끄덕였다.

그 말대로 시즈네 씨에게 들었는데…… 어떻게 단번에 알았을까. 히나코나 카겐 씨도 후보에 올라갈 법한데.

이 사람의 재능은 정말 오싹하다.

『간단히 말해서, 매니지먼트 게임 제작에 협력한 거야.』

"협력했다고요?"

『그래. 크레딧에 내 이름도 있어.』

게임 옵션을 열어 스태프 명단을 확인해 본다.

정말로 타쿠마 씨의 이름이 있었다.

왠지 기분이 복잡한걸…….

건방지기 짝이 없는 생각이지만, 나는 마음속으로 타쿠마 씨를 넘어야 할 벽, 그러니까 라이벌로 여기고 있었다. 그래서 게임에 대한 의욕을 불태우고 있었는데, 지금 이야기를 듣고 나니 결국 타쿠마 씨의 손바닥 위에 있다는 기분이 들었다.

『너무 낙담하지 마. 나는 정말 일부에만 관여했으니까.』

일일이 마음을 읽지 않았으면 좋겠다.

『그나저나 새로운 사업을 시작하려면 자금 조달도 생각해야 하는데, 믿을 만한 인맥은 있어?』

"아니요……. 그것도 지금부터 찾아보겠습니다."

매니지먼트 게임에서는 회사를 창업할 때 임의의 주주가 자동으로 준비된다. 그리고 이후로는 주주가 제시한 *마일스톤을 달성할 때마다 활동 자금을 얻을 수 있다. 단, 그 밖에도 다른 주주

---

* 마일스톤(milestone) : 원래는 1마일 단위로 설치한 표지석. 경영에서 특정 프로젝트의 중요 안건, 단계를 의미.

를 스스로 구할 수도 있으니까, 더 많은 활동 자금을 원한다면 직접 찾아봐야 한다. 나는 지금까지 그런 방식으로 자금을 조달했다.

사업은 어느 정도 궤도에 올랐다. 지금이라면 투자해 줄 사람도 적지 않을 것이다.

『기왕이면, IT 분야에 해박한 친구에게 소개를 부탁하는 건 어떨까? 장차 중요한 인맥이 될지도 모르잖아?』

타쿠마 씨의 제안을 듣고, 나는 생각했다.

내가 말을 걸 수 있는, IT 분야에 해박한 친구라고 하면…….

◆

월요일.

키오우 학원에 등교한 나는 교실을 둘러보다가 내가 찾던 인물을 발견했다.

"키타 군."

자기 자리에서 노트북을 펼치고 있던 키타가 나를 돌아본다.

게임이 끝날 때까지 학생들은 수업 중이 아니라면 자유롭게 노트북을 만질 수 있다고 하는데…… 생각해 보니 키오우 학원에서는 원래부터 자유롭게 노트북을 사용해도 된다고 한다. 평소에는 스마트폰으로 볼일을 보는 학생들이 많지만, 게임 기간에는 노트북을 펼쳐놓고 보는 학생들이 많아졌다.

"토모나리 군, 무슨 일이야?"

"이 참고서를 돌려줄까 해서요."

가방에서 꺼낸 것은 '*기본정보기술자'라는 IT 기술자를 위한 국가자격증 참고서였다. 나는 매니지먼트 게임이 시작되기 전부터 이 참고서를 빌렸던 것이다.

키타는 참고서를 받아 적당한 페이지를 펴고 나를 바라본다.

"BPO(Business process outsourcing)에 대해 설명해 보시오!"

"핵심 업무를 제외한 경영 활동을 기획부터 설계까지 일괄적으로 제3자에게 위탁하는 것!"

"시스템 장애가 발생했을 때 전원을 다시 켜고 시스템을 초기 상태로 되돌리고 재시작하는 방법을 뭐라고 할까?"

"콜드 스타트!"

서로 손가락으로 가리키며 문제를 내고 답하기를 반복한 후, 키타가 웃었다.

"둘 다 정답이야. 여전히 열심히 공부하는 것 같네."

"안 그러면 악마가 나타나니까……."

"?"

키타가 고개를 갸웃거린다.

내가 공부를 게을리하면 메이드장이 악마로 변하는 것이다.

"키타 군. 매니지먼트 게임에 관해 상담해도 될까요?"

"응, 괜찮아."

키타는 경기대회 직전에 친해진 반 친구다. 그 이후에도 나름대

---

* 기본정보기술자 : 일본 IT 기술 자격. 우리나라의 정보처리산업기사에 해당.

로 관계가 이어져, 내게는 타이쇼나 아사히 양 못지않게 말하기 편한 상대가 되었다.

우리 둘 다 IT 관련 공부를 하기에 참고서를 자주 돌려보거나 한다. 다만 키타가 나보다 훨씬 앞서는 상태라 거의 내가 일방적으로 빌리는 편이지만.

"사실은 사업 확장을 위해 자금 조달처를 찾고 있는데요······."

"그렇구나. 토모나리 군의 스타트 포지션은 창업이었지."

게임 내에서 내 회사에 대해 알아본 모양이다. 스타트 포지션을 알려준 기억은 없지만, 키타는 내 사정을 알고 있었다.

"미안해. 내가 소개해 줄 곳은 없어. 벤처기업이라면 VC에 의존하는 게 정석일 텐데, 나는 처음부터 중견기업이었고······."

"그렇죠······."

VC는 벤처 캐피털(Venture capital)의 약자로, 벤처기업을 전문적으로 다루는 투자회사를 말한다. 나는 여기서 투자받고 싶었는데, 키타는 인맥이 없는 모양이다.

솔직히 그 대답은 예상했었다.

스타트 포지션이 다르므로, 나와 키타는 직면한 과제가 다르다.

"아, 하지만······."

키타는 문득 무언가 생각난 듯이 생각에 잠겼다.

"토모나리 군. 제안이긴 한데, IT 업계 경영자들만 모아서 공부 모임을 해보는 건 어떨까?"

"그건 저한테도 고마운 일이지만······."

"나도 지금 고민거리가 있어서, 이것저것 이야기할 기회가 있었으면 좋겠거든."

그랬구나.

"그리고…… 토모나리 군이 방과 후에 하는 공부 모임이 조금 부럽기도 해서."

키타가 조금 쑥스러운 듯이 말한다.

우리의 티파티를 말하는 것이다…… 요즘 자주 화제가 되는걸.

"고귀한 티파티였던가?"

"아뇨. 그건 남들이 붙인 이름이라서……."

"아하하, 하긴 그렇겠지. 하지만 옆에서 보면 그런 이름을 붙이고 싶은 마음을 이해할 수 있어. 토모나리 군도 세련됐다고 할까, 코노하나 양과 잘 어울리는 것처럼 보이니까……."

그건 솔직히 기쁜 평가다.

히나코, 텐노지 양, 나리카와 나란히 서도 전혀 이상하지 않은 사람이 되는 것……. 이것이 지금의 내 목표이기 때문이다.

"모임 멤버는 어떻게 할 건가요? 저는 잘 모르겠는데요……."

"그게, 초대하고 싶은 사람이 있거든."

키타가 말을 잇는다.

"우리 반에는 스미노에 양이 있잖아? 집안에서 IT 대기업을 경영해."

◆

방과 후. 나와 키타는 교내 카페에 와 있었다.

"스미노에 양, 슬슬 오려나?"

공부 모임은 나와 키타, 그리고 스미노에 양, 이렇게 셋이서만 하게 되었다. 인원이 너무 많으면 한 사람 한 사람이 상담할 수 있는 시간이 줄어들기 때문이다.

우리는 스미노에 양을 쉬는 시간에 공부 모임에 초대했고, 본인도 흔쾌히 참석을 약속했다. 다만, 다른 약속이 먼저 잡혀서 30분 정도 늦어질 것 같다고 했다. 게다가 집안의 일도 있어서 오래 있기는 힘들 수 있다는 연락도 받았다.

먼저 카페에 도착한 나와 키타는 노트북을 켜고 느긋하게 잡담하며 각자 게임을 진행하고 있었다.

"미안해. 전에 토모나리 군이 자격증 공부할 때 같은 반에서 비슷한 처지인 사람이 우리밖에 없다고 해서 헷갈렸지? 스미노에 양은 레벨이 너무 달라서 비슷한 처지라고 할 수 없었거든."

"아뇨……. 그 말을 듣고 깨달은 건데, 저도 스미노에 양의 집안이 IT 기업이라는 건 알고 있었어요."

접점이 별로 없었기 때문에 잊고 있었던 것뿐이다.

"그런데 토모나리 군, 지금 뭐 하고 있어?"

키타가 내 노트북 화면을 들여다보며 물었다.

"BS와 PL 보는 법을 공부하고 있어요."

"와……. 대단하네. 그런 것도 잘 공부하고 있구나."

"키타 군은 공부하지 않나요?"

"응. 게임에서는 자동으로 숫자가 나오니까, 지금은 괜찮을 것 같아."

그건 나도 공부하면서 느꼈다. 게임 진행만 생각한다면 BS든 PL든 볼 필요가 없다.

"토모나리 군이 급성장하는 이유를 잘 알겠어. 바쁜 와중에도 미래에 도움이 되는 공부를 꾸준히 병행하고 있구나."

이 숙제를 내준 사람은 타쿠마 씨지만, 나 자신도 매니지먼트 게임을 계기로 미래에 도움이 되는 공부를 하고 싶었다. 그 생각은 옳았던 것 같다.

내가 이런 생각을 기를 수 있었던 것은 시즈네 씨와 타쿠마 씨 덕분이리라. 두 사람의 엄격하고 합리적인 지도 덕분에, 나는 장기적인 관점에서 사물을 볼 수 있게 된 것 같다.

마음속으로 두 사람에게 감사하고 있는데, 뒤에서 발소리가 들린다.

"오래 기다리셨습니다."

뒤돌아보니 스미노에 양이 풍성한 머리카락을 찰랑거리며 우리에게 인사했다.

"아뇨, 바쁘신 와중에 죄송합니다."

"우후후, 너무 긴장하지 마세요."

나와 키타가 일어서서 인사하자 스미노에 양은 부드럽게 미소를 지었다.

스미노에 양이 자리에 앉자 카페의 종업원이 능숙하게 다가와 주문을 물었다. 스미노에 양은 익숙한 태도로 홍차를 주문했다.

"스미노에 양의 집은 IT 대기업이었군요."

"네. 주로 금융 쪽 시스템을 개발하고 있어요."

키오우 학원에 편입할 때 시즈네 씨에게 같은 반 학생들의 프로필을 외우라는 지시를 받았다. 그래서 스미노에 양의 회사에 대해서는 어느 정도 알고 있다. 접점이 별로 없어서 기억 한구석으로 밀려났지만, 이번에 오랜만에 떠올렸다.

스미노에 양의 집안에서 경영하는 SIS 주식회사는 도쿄 증권 거래소 *프라임에 상장된 IT 기업이다. 주로 금융업계를 위한 시스템과 서비스를 만들고 있으며, 특히 신용카드 기간 시스템 개발에서는 국내 시장 점유율이 50%에 육박한다. 참고로 SIS는 Suminoe Information System의 약자다.

어쩐지 교실에서도 히나코에게 스스럼없이 말을 걸더라. IT 업종으로 한정해서 봤을 때, 스미노에 양의 집안은 키오우 학원에서도 세 손가락 안에 꼽힐 것이다.

스미노에 양 역시 엄청나게 잘나가는 집 아가씨.

"졸업 후에는 역시 회사를 이어받을 건가요……?"

"아니요. 저는 이어받지 않아요."

내 질문에 스미노에 양은 고개를 저었다.

"회사의 후계자는 오빠로 정해졌어요."

스미노에 양은 담담하게 말했다.

그렇구나.

지금까지는 주변에 기업 후계자만 있어서 몰랐지만, 원래는 스미노에 양과 같은 사람도 당연히 있어야 한다.

"부모님의 배려로 이 학교에 다니고 있지만, 졸업 후 회사 경영

---

* 프라임 : 일본을 대표하는 증권 거래소의 분류 중 하나. 글로벌 투자 대상 기업에 해당하는 기업을 뜻한다.

에 관여할 예정은 없어요. 졸업 후에는 다른 회사에 취직할 생각이에요."

"다른 회사?"

"네. 졸업 후에는 텐노지 양 밑에서 일할 예정입니다."

텐노지 양의?

스미노에 양은 조심스럽게 설명하기 시작했다.

"1학년 때 목표가 없어서 막막하게 시간을 보내던 제게, 텐노지 양이 말을 걸어 주셨어요. 제 성적을 인정해 주신 텐노지 양은 졸업 후 텐노지 그룹의 IT 기업에서 일하지 않겠느냐고 제안해 주셨죠. 그 덕분에 저는 텐노지 양에게 정말 감사할 따름이에요."

스미노에 양이 텐노지 양을 존경하는 마음을 말과 행동에서 엿볼 수 있었다.

지난번 티파티 때 스미노에 양이 텐노지 양에게 말을 걸었는데, 두 사람은 그런 관계였나……

"텐노지 그룹의 IT 기업이라고 하면, 그룹 시스템 개발 자회사겠네. 그쪽도 도쿄 증권 거래소 프라임 상장사이고, 꽤 큰 기업이야."

"그래요. 그만큼 제 실력을 인정해 주신 것을 영광으로 여기고 있어요."

키타는 스미노에 양이 내정된 기업에 대해 짐작이 가는 것 같았다. 그 말투로 봐서는 검색하면 금방 나오는 수준의 유명 기업이리라.

"그러고 보니 토모나리 군도 텐노지 양과 친하지?"

문득 키타가 나를 보고 말했다.

"1학기 때 체육관에서 두 사람이 춤추는 모습을 본 적이 있는데, 정말 멋지더라고. 마지막에는 텐노지 양과 잘 어울린다는 소문도 있었어."

"어, 그래요?"

나는 예전에 텐노지 양에게 시험 대책이나 테이블 매너 등 여러 가지를 배운 적이 있다. 그때를 말하는 것이리라.

그래서 얼마 전 텐노지 양과 매니지먼트 게임 이야기를 했을 때 예상보다 더 많은 관심을 받았는지도 모르겠다. 1학기 때부터 나와 텐노지 양에 관한 소문이 나돌았던 모양이다.

——뿌득.

그때, 이상한 소리가 들렸다.

나는 반사적으로 소리가 난 쪽을…… 스미노에 양을 바라봤다.

"무슨 일이시죠?"

스미노에 양은 잔잔한 미소를 짓고 있었다.

기분 탓인가?

이가 갈리는 듯한 소리가 들린 것 같은데…… 결국 그 정체를 알 수 없었다.

"이제 본론으로 들어가 볼까요. 듣자니, 두 분 모두 고민거리가 있다고 들었는데요."

스미노에 양이 노트북을 펼치며 말했다.

그 말에 키타가 고개를 끄덕이며 노트북을 조작했다.

　"먼저 내 상담부터 부탁해도 될까? 과제 자체는 이해하기 쉬우니까, 이야기도 금방 끝날 것 같아."

　내가 고개를 끄덕이자 키타는 노트북 화면을 보여주며 설명하기 시작했다.

　"내 회사에서는 지금 IoT(사물인터넷)를 이용한 서비스를 개발 중이야. 다만 호환성 테스트를 도와줄 업체를 좀처럼 찾지 못해 어려움을 겪고 있는데……."

　"IoT라고 하면 실물 장치가 필요하죠. 호환성 테스트란, 다시 말해서 장치를 준비하고, 개발 중인 시스템과 호환이 되는지 확인하는 작업인가요?"

　"맞아. 습도 센서나 가속도 센서가 필요한데, 인맥이 없어서 난감해."

　IoT(Internet of Things)는 인터넷과 연결된 기기를 가리키는 말로, 현재 진행형으로 세상을 개선하고 있는 최첨단 기술 중 하나다. 문을 안 닫고 방치하면 스마트폰에 알림이 뜨는 냉장고라든지, 그렇게 항상 인터넷과 연결된 가전제품이 대표적이다.

　키타의 과제는 예전에 타쿠마 씨의 자료를 정리할 때 보았던 사례와 비슷하다. 요컨대, 새로운 서비스를 개발하기 위해서도 다양한 장치가 필요한데, 이를 제공해 줄 회사를 찾지 못하겠다는 것이다.

　스미노에 양은 턱에 손가락을 대고 생각에 잠긴 뒤, 입을 열었다.

"소개할 수 있는 업체가 몇 군데 있어요."

"정말?!"

"네. IoT는 이미 메이저 분야니까요. 우리 집안에서도 최근 제조업용 IoT 서비스를 시작했거든요."

키타는 "다행이다……." 라며 감격해했다. 고생이 참 많았던 모양이다.

"토모나리 씨는 어쩐 일이죠?"

"저는 자금 조달처를 찾고 있는데요……."

스미노에 양에게 대략적인 상황을 설명한다.

"새로운 서비스를 시작하려면 자금이 필요하다는 말씀이군요. VC를 소개해 드릴 수 있는데, 그러기 위해서라도 사업 내용을 자세히 들어봐도 괜찮을까요?"

"네. 일단 자료도 보내드리죠."

나는 내 회사 자료를 스미노에 양에게 보냈다.

"그래요. 선물용품 전문 통신판매 사이트인가요."

커피 한 잔을 마시는 동안 스미노에 양은 내 자료를 다 읽었다.

"새로 시작하려는 서비스에 대해 물어봐도 될까요?"

"네. 카탈로그를 만들려고 합니다."

"카탈로그……인가요."

눈을 동그랗게 뜨는 스미노에 양에게, 나는 고개를 끄덕였다.

원래 선물업계의 주류는 *카탈로그 기프트다. 현재 토모나리

---

* 카탈로그 기프트 : 일본식 선물 문화. 선물을 보낼 때 관계, 격식, 취향을 고민하지 않아도 되게끔 카탈로그를 보내서 상대가 받고 싶은 선물을 고르게 한다.

기프트의 서비스는 모두 인터넷에서 이뤄지고 있지만, 인터넷에 익숙하지 않은 고연령층이나 카탈로그 기프트로 만족하는 사람들을 고객으로 확보하기 위해서는 먼저 그들에게 다가가야 한다고 판단했다.

"카탈로그 기프트를 이용하는 사람들도 우리 고객으로 만들고 싶어요. 그러기 위해서는 다소 비용이 들지만, 굳이 종이로 된 카탈로그를 만들고 싶은데……."

"그래서 자금이 필요한 거군요. 새로운 사업이다 보니 상황에 따라 즉시 투입할 수 있는 직원도 채용해야 할 것 같아요."

역시 말이 잘 통한다.

키타가 스미노에 양을 '레벨이 다르다'고 표현한 것도 납득이 간다. 집안에서 경영하는 회사의 규모가 큰 것도 그렇고, 스미노에 양 자신도 히나코나 텐노지 양과 어깨를 나란히 할 만큼 똑똑하고 경영에 능통한 것 같았다.

"알겠습니다. 그러면 IT에 특화된 VC를 소개할게요. 지금 토모나리 기프트의 경영 상태라면 투자해 줄 거예요."

"감사합니다."

이쪽의 경영 상태도 확인하고 나서 판단을 내려준 모양이다.

이제 나도 다음 단계로 나아갈 수 있을 것 같다.

"그런데, 스미노에 양에겐 어떤 상담이……."

"제 문제는 방금 해결했어요. 동종업계 사람들이 어떤 사업을 하는지 알고 싶었으니까요."

홍차를 마시며 스미노에 양이 대답한다. 뭐, 그렇다면 스미노에 양에게도 유익한 모임이 될 수 있지 않았을까.

문득 나는 의문을 말했다.

"스미노에 양이 게임 내에서 운영하는 회사는 집안에서 경영하는 곳과 같은 SIS인가요?"

"그래요……. 그건 왜 물어보시죠?"

"대단한 건 아니고, 후계자가 아니라고 하셔서, 다른 회사를 선택하지 않았나 싶었거든요."

"그렇군요."

스미노에 양이 납득한다.

"사실 원래는 그렇게 할 예정이었어요. 게임이 시작되기 전에, 제게 텐노지 그룹의 자회사를 맡겨 줄 수 없는지를 상담해 봤어요. 그쪽이 미래에 더 도움이 될 것으로 생각했죠. 하지만 텐노지 양이 만류했어요. 모처럼 대기업을 경영할 수 있는 자리에 있으니까, 그것을 버리는 것은 아깝다고요."

"텐노지 양은 스미노에 양이 자유롭게 하기를 바란 거군요."

"그렇다고 생각해요. 하다못해 텐노지 양과 동맹을 맺을 수 있었으면 좋겠다고 생각했는데…… 그쪽도 보류하기로 했어요."

그러고 보니 지난번 티파티에서 텐노지 양은 스미노에 양과의 동맹은 보류한다고 했다. 그건 스미노에 양을 속박하고 싶지 않았기 때문이었다.

그때 테이블 위에 있던 스미노에 양의 스마트폰이 진동했다.

"죄송합니다. 마중이 온 것 같아서……."

"그러면 오늘은 이쯤에서 해산할까. 왠지 스미노에 양만 우리

(생활력 없음)
~영애들이 다니는 명문 학교에서 제일가는 **아가씨**를 남몰래 돕는 시중 담당이 되었습니다~ 6

상담을 들어준 것 같지만."

"괜찮아요. 저도 즐거웠어요."

스미노에 양이 노트북을 가방에 집어넣었다.

"스미노에 양, 오늘은 정말 감사합니다."

"저도 감사해요."

스미노에 양이 카페 밖으로 나간다.

키타도 노트북을 가방에 넣고 귀가할 준비를 했다.

"토모나리 군은 안 갈 거야?"

"저는 좀 더 느긋하게 있다가 가려고요."

시즈네 씨에게 미리 데리러 와 달라고 시간을 알려주었는데, 내 예상보다 공부 모임이 빨리 끝나서 30분 정도 여유가 생겼다.

연락하면 당장 데리러 올 것 같지만, 고작 30분이니까, 이대로 카페에서 게임을 하다 보면 금방 지나갈 것이다.

키타와 헤어지고, 나는 노트북을 본다.

자금 조달의 윤곽은 잡혔다. 이제 이 자금을 바탕으로 새로운 기능을 추가하고, 더 많은 수익을 내야 한다. 필요하면 직원을 늘릴 수도 있을 것이다.

(스미노에 양은…… 텐노지 양을 정말 존경하는구나.)

키보드를 두드리며 스미노에 양의 이야기를 떠올렸다.

무기력했던 스미노에 양에게 텐노지 양이 전환점을 만들어줬다는 이야기……. 텐노지 양이라면 얼마든지 그럴 것 같다. 그런 일이 있다면 누구나 텐노지 양을 존경하게 될 것이다.

왠지 기쁘다.

나도 텐노지 양은 대단한 사람이라고 생각한다. 그 사실을 나 말고도 아는 사람이 있음을 알아서 기뻤다.

스미노에 양과는 마음이 맞을지도 모르겠다.

딱딱해진 몸을 풀어주려고, 나는 잠시 자리에서 일어나 몸을 쭉 폈다.

"응……?"

아까 스미노에 양이 앉았던 의자 밑에 무언가가 있었다.

나는 몸을 숙여서 그걸 집었다.

그것은 고급스러운 가죽 수첩이었다.

(스미노에 양 걸까?)

수첩 뒷면에 손글씨로 스미노에 양의 이름이 적혀 있다.

가방에서 노트북을 꺼낼 때 떨어뜨린 것이리라.

금방 알아차려서 다행이다. 지금이라도 쫓아가면 늦지 않을 것 같다.

서둘러 교문 쪽으로 가서 스미노에 양을 찾아보았다.

데리러 왔다고 했으니 아마 차를 타고 가겠지. 도로 주변을 찾다가 스미노에 양을 발견했다.

"스미노에 양"

"어머, 토모나리 씨?"

마중 나온 차는 아직 도착하지 않은 것 같다.

의아한 얼굴로 돌아보는 스미노에 양에게, 나는 아까 주운 수첩을 보여줬다.

"이걸 두고 갔는데……."

"?!"

그 순간, 스미노에 양의 얼굴이 새빨갛게 달아올랐다.

"도, 돌려주세요!!!"

"어?!"

스미노에 양은 살벌한 얼굴로 내게서 수첩을 빼앗으려고 했다.

"잠깐, 위험해!!!!"

주먹을 휘두르는 기세여서 반사적으로 피했다.

스미노에 양은 내 손에 있던 수첩을 쳐내고 말았다.

그리고 동시에 바닥에 발이 걸리더니…….

"꺄악!"

스미노에 양이 요란하게 넘어졌다.

"괘, 괜찮으세요……?"

철퍽! 소리가 났는데…….

나는 고통에 몸부림치는 스미노에 양을 걱정했다.

발밑에는 스미노에 양이 빼앗으려던 수첩이 있었다.

수첩이 펼쳐져 그 내용물이 보인다.

거기에는…… 텐노지 양의 사진이 빼곡히 붙어 있었다.

──이게 뭐야.

영문도 모른 채 무의식적으로 수첩의 페이지를 넘겼다.

다음 페이지도, 그다음 페이지도 텐노지 양의 사진으로 가득했다. 같은 반 학생들과 담소하는 텐노지 양, 물을 마시는 텐노지 양, 독서 중인 텐노지 양, 쓸쓸하게 창밖을 바라보고 있는 텐노지 양…….

내가 넋을 잃고 있을 때, 스미노에 양이 수첩을 주웠다.

"봤군요……?"

스미노에 양이 눈보라처럼 차가운 목소리로 물었다.

"죄송합니다……."

마음대로 내용물을 봤으니 먼저 사과한다.

반쯤은 불가피한 일이었지만…….

"저기…… 스미노에 양은 텐노지 양을……?"

"좋아하는데요? 왜요?"

스미노에 양은 뻔뻔한 기색으로 말했다.

"사랑하는데요? 왜요?"

말이 한 단계 업그레이드됐다.

"사랑할 수밖에 없잖아요. 그토록 고귀한 분을 앞에 두고 사랑이 싹트지 않을 리가 없잖아요. 안 그러면 사람이 아니에요."

말이 지나치다.

이쯤 되면 더 이상 숨길 필요도 없는 것이리라. 스미노에 양은 정색하고 텐노지 양을 향한 사랑을 이야기하기 시작했다.

"텐노지 님은 제 인생을 구해준 여신님 같은 분이에요. 품행방정, 호화현란. 누구보다도 올곧고, 순수하고, 엄격함과 부드러움을 겸비하셔서…… 그 보석처럼 아름다운 눈도, 후광처럼 빛나는 머리칼도 분명 하늘이 내린 거예요. 아아, 사랑하는 텐노지 님. 저는 당신 덕분에 살아갈 이유를 찾았어요. 이 은혜를 대체 어떻게 갚아야 할지…… 부족한 저로서는 도무지 감이 잡히지 않아요."

텐노지 양의 머리는 그냥 염색한 건데…….

마치 경건한 신도처럼, 스미노에 양은 두 손을 모아 하늘에 기도한다.

공부 모임 때는…… 아니, 우리 앞에서는 연기하고 있었던 것 같다. 텐노지 양을 어느새 텐노지 님으로 부르고 있다.

존경하는 수준이 아니었다…….

스미노에 양은 텐노지 양을 존경하는 줄 알았다. 하지만 막상 뚜껑을 열어보니 그 이상의 어마어마한 감정이 숨어 있었다.

어쩌면 위험한 사실을 알게 된 걸지도 모른다.

키오우 학원의 상위권에 군림하는 아가씨의 정체가 이렇게까지 여러모로 안쓰럽고 속이 시커멀 줄이야. 겉으로 보이는 청순한 행동과 괴리가 너무 심해서 무섭다.

한순간 '그래도 히나코보다는 낫나?' 라고 생각해서 납득할 뻔 했다.

나도 많이 오염됐는걸.

뭐, 나 자신도 신분을 속이고 있으니까, 남한테 뭐라고 말할 처지가 아닌가……. 아니, 이건 말해도 되겠지.

"그 사진, 몰래 찍은 거 아니에요?"

"들키지 않으면 괜찮아요."

그럴 리가 없잖아.

스미노에 양은 갑자기 수첩에 붙어 있는 텐노지 양의 사진에 머리를 숙였다.

"텐노지 님, 실수로 떨어뜨려서 죄송합니다……. 이런 더러운 남자가 만져서, 텐노지 님도 참 싫으셨겠죠……."

흘리고 간 걸 내가 챙겨준 건데…….

오히려 내가 은인이라고 할 수 있지 않을까.

"저기, 텐노지 양은 스미노에 양의 마음을 아나요?"

"알 리가 없잖아요. 알면 죽습니다."

스미노에 양이 죽을지 어떨지는 무시하고, 그 대답은 예상하고 있었다. 제아무리 텐노지 양의 그릇이 커도 이러한 사랑은 부담스러울 것 같았다.

티파티 때는 평범하게 대화했으니까, 텐노지 양은 스미노에 양의 정체를 모를 것이다.

"그래도…… 알 것 같아요. 텐노지 양에겐 사람을 끌어당기는 매력이 있잖아요."

너무 자극하면 무서울 것 같아서 나는 스미노에 양의 아군임을 주장해 무사히 넘어가려고 했다.

하지만 어째서인지 스미노에 양은 눈썹을 치켜세웠다.

"그건 싸우자는 뜻으로 해석해도 될까요?"

"어, 왜요?!"

"실례했습니다. '내가 텐노지 님을 더 잘 알아.'라고 말하는 줄 알았어요."

"그런 말은 하지 않아요……."

스미노에 양에게 그런 말을 하면 죽을 것 같다.

나도 텐노지 양은 존경하는 사람이라서 그냥 진심에서 우러나온 말인데…… 몇 분 전만 해도 '스미노에 양과는 마음이 맞을지도 모르겠다'고 생각했던 것이, 어쩌다가 이렇게 된 걸까?

"어차피 나는 당신을 인정하지 않아요."

스미노에 양은 나를 똑바로 보며 말했다.

"이 기회에 분명히 말해두죠. 나는 당신이 싫어요."

"그건 제가 텐노지 양과 가까워서 그런 건가요?"

"그런 저속한 질투와 동일시하지 마세요. 그것도 이유 중 하나지만요."

내 말이 맞잖아…….

"텐노지 님은 변하셨어요. 예전에는 더…… 했는데…….."

어이없어하는 나를 무시하고, 스미노에 양이 중얼거렸다.

마지막에 스미노에 양이 무슨 말을 했는지 알아듣지 못했다. 스미노에 양도 혼잣말한 거지, 내가 들으라고 한 말은 아닐 것이다.

고개를 갸웃거리고 있는데, 바로 옆에 차가 한 대가 멈췄다.

차에서 사용인이 내려 스미노에 양에게 인사한다. 스미노에 양을 데리러 온 것 같다.

"아무튼, 오늘 본 것은 발설하지 마세요. 알았죠?"

"네."

이걸 다른 사람에게 말해도 믿지 않을 것이다.

스미노에 양은 차에 타고 떠나갔다.

내 입에서 나 자신도 놀랄 정도로 깊은 한숨이 나왔다.

◆

(생활력 없음)

오후 9시.

저택의 내 방에서 노트북을 보던 나는 게임이 끝나자 한숨을 돌렸다.

"휴……."

저녁 식사 후 바로 방으로 돌아와 게임을 진행했는데, 집중해서 그런지 금방 오후 9시가 됐다.

(스미노에 양을 생각하느라 오늘은 진도가 잘 나가지 않았는걸.)

저택에 돌아와서도 내 머릿속은 한동안 혼란스러웠다. 스미노에 양의 정체는 그만큼 내게 충격적이었다.

두 뺨을 살짝 치고 기운을 낸다.

솔직히 시간이 부족하다.

게임의 진행 속도를, 지식 습득이 따라가지 못한다. 당연히 경영 공부도 필요하고, 이와 병행해서 사업을 키울 방안도 고민해야 한다.

9시 이후에는 수업 예습과 복습을 할 생각이었지만…… 매니지먼트 게임은 기간 한정 이벤트다. 이번에는 게임 공부를 우선하자.

(게임에 너무 많은 시간을 빼앗기고 있어. 너무 몰두한 걸까? 하지만 모처럼 순항 중이니까 이 흐름을 멈추고 싶지 않아…….)

나는 타쿠마 씨에게 말했다. 코노하나 그룹의 임원이 되고 싶다고.

나는 텐노지 양에게 말했다. 나도 학생회를 목표로 하겠다고.

이 정도로 칭얼거릴 수는 없다.

오늘은 밤샘을 각오하자. 그렇게 생각한 직후, 방문을 두드리는 소리가 들렸다.

"이츠키…… 지금 괜찮아?"

"응? 괜찮아."

문이 열리고 히나코가 방으로 들어왔다.

"히나코, 무슨 일이야?"

잠시 문 너머로 메이드의 옷자락이 보였다. 시즈네 씨가 히나코를 내 방까지 안내한 모양이다. 여전히 혼자 있으면 저택 안에서도 길을 잃는 모양이다.

"차, 준비해 왔어."

히나코는 그 손으로 작은 왜건을 밀고 있었다.

왜건 위에는 영국산 티포트와 두 사람이 쓸 찻잔이 있었다.

"준비했어? 히나코가 한 거야?"

"응."

처음 있는 일이라서, 나는 깜짝 놀랐다.

히나코는 나와 홍차를 번갈아 보며 마시기를 바라는 눈치다.

잔을 집어 들자 익숙한 허브 향이 났다. 코노하나 가문이 애용하는 찻잎이다. 천천히 잔에 입을 대고 마셔보니 은은한 단맛이 입 안을 가득 채운다.

"어, 어때……?"

히나코가 다소 긴장한 투로 물었다.

"고마워. 정말 맛있어."

"다행이야……. 시즈네한테 배워서, 애썼어."

사실 시즈네 씨가 타준 홍차에 비하면 조금 밍밍했다. 하지만 그것보다 더 큰 감동이 내게는 있었다. 그 히나코가…… 저택에 돌아오면 기본적으로 항상 늘어져 지내는 히나코가 나를 위해 일부러 홍차를 끓여 준 것이다.

눈물이 날 정도로 기뻤지만, 동시에 의문이 생겼다.

"뭔가 심경의 변화라도 있었던 거야?"

"으엑?! 왜, 왜……?!"

"평소에는 이런 짓을 하지 않잖아?"

그렇게 말하자 히나코는 부끄러운 듯이 볼을 붉히며 고개를 숙였다.

"앞으로는…… 이런 것도 해보려고."

히나코는 머뭇거리면서 귀엽게 대답했다.

마음은 매우 기쁘지만…….

"하지만 피곤하지 않을까? 보통은 금방 잠들잖아?"

"……신기하게도 별로 피곤하지 않아."

히나코가 차분하게 말한다.

"……나, 어쩌면 변했을지도 몰라."

"변했다고?"

"응. ……요즘 들어 힘이 솟아나."

히나코는 자기 가슴에 손을 대고 말한다.

"이츠키를 위해, 무언가 하는 것이…… 좋아."

히나코는 미소를 지으며 말했다.

히나코의 뒤에서 예쁜 꽃이 활짝 피어난 느낌이 들었다.

한순간 심장이 멎는 줄 알았다. 꽃처럼 고운 미소에서…… 살짝 빨개진 뺨과 촉촉한 눈에서 말보다 더 특별한 마음이 전해지는 것 같아 머릿속이 새하얗게 물들어 버렸다.

진정해, 진정하자, 진정하라고…….

고동치는 심장을 어떻게든 가라앉히려 애쓴다.

"나도, 히나코를 위해 뭔가 하는 걸 좋아해."

"……알아."

히나코는 기쁜 듯이 고개를 끄덕였다.

다행이다…….

어떻게든 평정심을 유지할 수 있었다.

히나코는 요즘 과격하고, 침착하지 못해서…… 종종 내 가슴을 두근거리게 한다.

무슨 일이 있었는지는 모르겠지만, 내 심장에 별로 좋지 않다.

물론 싫은 기분은 전혀 들지 않지만.

"흐암……."

히나코가 하품했다.

"잠깐만 잘래? 목욕 시간이 되면 깨워 줄……."

"우웅……. 싫어, 아직 깨어 있을래……."

졸음을 쫓아내기 위해 몸을 움직이고 싶었는지, 히나코는 방 안을 적당히 걸었다.

그리고 내 바로 옆에서 멈추더니 책상 위를 보았다.

"……열심히 공부하고 있구나."

"그래. 게임을 시작한 뒤로 나한테 부족한 부분이 점점 더 많이 보이니까."

책상 위에는 그 어느 때보다 많은 자료가 있었다. 모두 게임을 진행하는 데 필요하다고 생각되는 것들, 그러니까 경영과 관련된 것들이다. 최근에는 타쿠마 씨가 내준 숙제를 해결하려고 주식 공부도 한다.

"힘들어?"

히나코가 내 얼굴을 바라보며 물었다.

"그렇긴 하지. 하지만 보람차고 즐거워."

"……그렇다면 다행이고."

히나코는 안심한 듯이 해맑게 웃었다.

"방과 후 공부 모임은 어땠어?"

"고민거리가 하나 해결됐어. 미안해, 오늘도 혼자 가게 해서."

"어쩔 수 없어……. 나는 IT 업계가 아니니까."

이번 모임은 IT 업계 경영자들의 공부 모임이라는 취지였기 때문에 히나코는 눈치껏 사양했다.

"공부 모임엔, 누가 왔어……?"

"우리 반의 키타와 스미노에 양이야."

"흐응." 하고 히나코가 맞장구를 쳤다.

솔직히 스미노에 양과의 대화가 너무 충격적이어서 공부 모임에 대한 기억이 별로 없다. 메모했으니까 문제는 없지만…….

"히나코. 스미노에 양은 어떤 사람이야?"

나 말고 다른 사람들은 스미노에 양을 어떻게 생각하고 있을까.

그런 의문을 던지자 히나코는 갑자기 나를 가만히 흘겨봤다.

"왜, 그런 걸 물어봐?"

"어? 아니, 왜냐고 물어봐도……."

어떻게 대답해야 할까…….

'그 사람은 본성을 잘 숨기는 거야?' 라고 물어볼 수도 없고…….

"……이츠키는 방탕해."

"아니, 딱히 그런 건 아니고……."

그렇게 마구잡이로 여성을 유혹하는 것처럼 말하지 않았으면 좋겠다.

특히 스미노에 양에 대해서는 아까 당당하게 '싫다' 는 소리를 들은 참이다.

"……스미노에 양은, 성실한 사람."

일단 질문에는 대답해 주는 듯하다.

히나코는 생각에 잠겼다가 말을 이어갔다.

"하지만, 조금 무서워."

"무서워?"

"응……. 이글이글거리는 느낌."

히나코 자신도 잘 표현하지 못하는 모양이다.

히나코는 진지한 표정으로 말했다.

"교실에서 가끔 말을 걸긴 하지만…… 아마, 나를 별로 좋아하지 않을 거야."

내 눈에는 그렇게 보이지 않았지만, 히나코도 대충 말하는 것

(생활력 없음)

은 아닐 것이다.

어쩌면 스미노에 양은 아직 내게 본성을 더 감추고 있는지도 모른다.

더 이상 감출 것이 있는지는 모르겠지만…….

3장 챌린저

　스미노에 양과 공부 모임을 가진 날로부터 일주일이 지났다.

　매니지먼트 게임이 시작된 지 어느덧 2주가 되었다.

　현실에서는 2주이지만, 게임에서는 1년이다. 1년이 지나면 회사의 상황이 눈에 보이게 된다.

　상황이 좋지 않은 회사…… 다시 말해 실적이 성장하지 않는 회사는 슬슬 개선책을 검토할 때다. 게임 내 움직임을 보면, 개선책을 마련하느라 필사적인 경영자들이 있다는 것을 확인할 수 있다.

　남 일이 아니다.

　왜냐하면 나 역시 개선책을 검토해야 하는 경영자 중 한 명이기 때문이다.

　"오늘은, 티파티가 있지?"

　"그래."

　아침. 키오우 학원으로 가는 차 안에서 나는 고개를 끄덕였다.

　오늘 방과 후 오랜만에 티파티 동맹이 모이기로 했다. 모두의 진척 상황을 대충 확인하고 싶다고 한다.

　(잠이 조금 부족한 걸지도 모르겠는걸…….)

나는 살짝 하품했다.

최근 며칠 동안 잠을 푹 자지 못하는 날이 계속되고 있었다.

회사 실적이 내 생각만큼 성장하지 않고 있어서 그렇다. 인터넷 쇼핑몰 이용자 수가 정체 중이고, 광고와 같은 홍보도 별다른 효과를 거두지 못하고 있는 것 같다.

개선하고 싶지만, 어떻게 하면 좋을지 몰라서 자꾸 고민하고 있었다.

"이츠키, 잠을 못 잤어?"

"아니, 그런 건 아니야."

걱정시키고 싶지 않아서, 나는 거짓말을 하고 말았다.

"아가씨는 잠이 부족하겠죠. 어젯밤에도 자는 시간을 아껴서 차를 끓이고 있었으니까요."

"시, 시즈네……!"

"죄송합니다. 실수했군요."

히나코가 허둥대며 말했다.

그날 이후로 종종 히나코가 내게 홍차를 내주게 되었다. 처음 홍차를 대접받은 다음 날, 나는 보답의 의미로 히나코의 방에 홍차를 가져갔고, 그다음 날 또다시 히나코가 홍차를 가져다주었다. 그 후로 이것이 반복되고 있다.

요새는 히나코와 시즈네 씨도 예전보다 더 친해진 것 같다.

친해졌다고 할까, 시즈네 씨가 히나코를 귀여워하게 되었다고 할까.

시즈네 씨도 그걸 알까? 섣불리 지적했다간 자중할 것 같아서 조용히 있기로 했다. 히나코도 진심으로 싫은 눈치가 아니니까, 이대로도 괜찮을 것 같다.

"히나코, 잠이 부족하면 자도 되는데?"

"우, 음…… 안 잘래……."

히나코는 눈을 깜빡이면서도 필사적으로 졸음을 참는 것 같았다.

"예전에도 그랬는데, 왜 갑자기 참게 된 거야?"

어젯밤에 홍차를 끓여 주었을 때도 히나코는 졸려 보였지만, 꾹 참고 깨어 있었다.

히나코는 머뭇거리며 대답한다.

"이츠키와 더 이야기하고 싶은걸……."

나는 무심코 고개를 들어 천장을 바라보았다.

얘는 왜 이렇게 귀여운 거람.

정신이 이상해질 것 같아서 눈썹 사이를 문지르며 필사적으로 버텼다.

"이야기라면 언제든 할 수 있잖아? 다른 사람은 몰라도, 나와 히나코는 같은 집에서 사니까."

"……그럴, 지도?"

히나코는 왠지 기쁜 것처럼 납득했다.

차가 살살 흔들린다. 그 흔들림에 몸을 맡기듯, 히나코는 내 어깨에 몸을 기댄다.

"……잘래."

조용히 중얼거리고, 히나코는 눈을 감았다.

은은하게 달콤한 향기가 나고, 어깨에서 포근한 온기가 느껴졌다. 역시 억지로 깨어 있었던 건지, 히나코는 금방 잠이 들었다.

　나도 졸리네…….

　시중 담당으로서 히나코의 곁에 있을 때는 단단히 지켜봐야 한다고 생각하지만, 오늘은 평소보다 졸음이 쏟아져서 눈꺼풀이 제멋대로 감긴다.

　"시즈네 씨. 죄송해요. 저도 잠깐만 자겠습니다."

　"알겠습니다. 신기하군요. 이츠키 씨가 이렇게 피곤해 보이는 건."

　듣고 보니 등하교 때 자는 건 이번이 처음인가.

　밤늦게까지 잠을 안 잔 탓이군…….

　수면 시간을 너무 줄인 것을 후회하며, 나는 잠들었다.

◆

　방과 후.

　평소 자주 가는 카페에서 티파티 동맹 사람들이 한 테이블에 둘러앉았다.

　"그러면 바로 각자의 상황을 공유해 볼까요."

　텐노지 양이 노트북 화면을 모두에게 보여주며 말했다.

　"먼저 내가 텐노지 그룹의 결산을 발표하겠어요. 모든 사업을 설명하면 너무 길어지므로 주요 회사만 공유하겠어요."

　텐노지 양이 결산자료 슬라이드를 보여준다.

비철금속 제조업체의 매출액이 전년 대비 13% 상승, 전자제품 제조업체의 매출액이 전년 대비 2% 하락. 각 기업의 실적은 늘거나 줄거나 제각각이지만, 전체적으로 보면 상승한 것 같다.

그나저나 자료가 화려한걸……

자료에는 호쾌한 효과를 넣는 바람에 솔직히 조금 보기 불편했다. 화려한 것을 좋아하는 텐노지 양다운 자료이지만, 여기까지 오면 마치 슈퍼의 '특가 세일!' 분위기가 생각나서 조금 촌스럽다.

텐노지 양을 보자, "후훗." 하고 가슴에 손을 얹고 자랑스러운 듯했다.

찬물을 끼얹는 것도 미안하니까, 지적하지 않기로 했다.

"코노하나 그룹의 매출은, 우선 주요 회사인 코노하나 상사가……"

이어서 히나코가 노트북 화면을 모두에게 보여주며 설명한다.

히나코는 텐노지 양과 마찬가지로 부문별로 매출을 설명했다. 실적이 들쭉날쭉한 텐노지 양에 비해 히나코는 다양한 기업의 매출을 조금씩 늘리고 있었다.

"아, 우리 회사의 연결매출액은 전년도에 비해, 아……"

나리카는 긴장했지만, 실적은 성장하고 있었다.

실적에 대한 부담감은 전혀 없었고, 단순히 사람들 앞에서 발표하는 것이 서툴렀을 뿐이다.

"우리 회사는……"

"우리 제스 홀딩스는……"

타이쇼와 아사히 양 역시 대체로 호조를 보였다.

마지막으로 내 차례가 돌아왔다.

"토모나리 기프트는 이런 느낌입니다."

게임 내에서 작성한 결산자료를 표시해 모두에게 보여줬다.

"순조롭네요."

"아뇨, 1년 동안의 수치만 보면 순조로운 편일지도 모르겠지만……."

나는 이용자 수 등을 나타낸 꺾은선 그래프를 화면에 띄우고 설명했다.

"하반기부터 지표가 제자리걸음을 하고 있어요. 솔직히 한계에 부딪힌 느낌을 부정하기 어려워서, 이대로 가면 내년도 실적이 불안합니다."

어디까지나 현재 방식으로는 한계에 부딪혔다는 생각일 뿐, 선물용품 전문 통신판매 서비스의 잠재력은 아직 남아 있다고 생각한다.

"카탈로그를 만들면서 수익은 늘어났잖아?"

"네. 성과가 나오려면 시간이 더 걸릴 줄 알았는데 예상보다 빨리 나왔습니다. 다만, 속도만 빨랐던 건지…… 안정되는 것도 빨랐어요."

타이쇼의 질문에 나는 소감을 밝혔다.

카탈로그를 만들면서 의도한 대로 카탈로그 기프트 시장에서 고객을 끌어들일 수 있었다. 하지만 오산은 애초에 카탈로그 기프트 시장이 예상보다 작았다는 것이다. 파이가 작으면 끌어올 수 있는 숫자도 당연히 적다.

"토모나리, 마케팅 부서를 만들면 어떨까? 아직 없지?"

"마케팅 부서인가요…… 확실히 아직 없네요."

그렇구나. 시장 분석은 지금까지 혼자서 했지만, 이제는 누군가에게 도움을 받는 것이 좋을 것 같다. 전문가에게 맡겼더라면 이번 실패도 피할 수 있었을 것이다.

"굳이 부서를 만들지 않더라도, 마케팅 회사에 의뢰해 보면 되지 않을까? 내가 실제로 이용하고 있는 마케팅 회사를 소개해 줄까?"

아사히 양이 내게 제안했다.

자체 부서를 만드는 것도 좋지만, 우선은 마케팅의 효과를 알고 싶다. 이번에는 아사히 양의 제안을 채용하자.

"꼭 부탁합니다."

"그래. 그럼 바로 연락할게~."

아사히 양이 키보드를 타닥타닥 두드린다.

마케팅 회사를 보유한 학생에게 연락을 취하는 것 같다.

"토모나리 군, 정말 열심히 하고 있구나. 어제도 쭉 게임에 로그인했지?"

"그렇긴 한데, 어떻게 아신 거죠?"

"상대 회사의 정보를 확인하는 페이지가 있지? 거기 왼쪽 상단에 플레이어의 로그인 상태가 떠. 몰랐어?"

"몰랐습니다……."

요즘은 내 회사 일로 바빠서 다른 사람의 회사를 볼 여유가 없었다.

다른 학생에게서 메시지가 올 때마다 타이밍이 좋다고 생각했는데, 그런 거였구나. 다들 상대가 로그인 상태인지 확인하고 보낸 것이다.

"그리고 보니 토모나리, 오늘 하품을 많이 하더라. 게임에 푹 빠져서 밤샘이라도 했어?"

"아뇨, 그런 건……."

"그치만 오늘 수업 시간에 걸렸을 때는 대답하지 못했는걸~?"

"윽……."

타이쇼와 아사히 양의 콤비 플레이에 나는 할 말을 잃었다.

그런 우리의 대화를 듣던 텐노지 양이 눈을 동그랗게 떴다.

"그랬나요?"

"괘, 괜찮아요. 오늘 중으로 빼먹지 않고 복습할 거니까요."

"……."

텐노지 양이 눈을 흘긴다.

조심해야지……. 게임 때문에 학교 성적이 떨어지면 주객전도다.

◆

오후 8시 30분.

코노하나 저택으로 돌아온 나는 내 방에서 노트북을 보고 있었다.

『그러면 플랜 B 계약으로 진행할게.』

거래 상대의 메시지가 도착했다.

『이 플랜이라면 토모나리 기프트의 과제인 타깃 선정도 가능하고, 시책 실행 후에도 구매 로그를 축적해 *PDCA 사이클을 효과적으로 돌릴 수 있어. 이번에 토모나리 군이 실패했다고 느끼는 시장 규모 조사도 할 수 있으니 걱정하지 마.』

『감사합니다. 덕분에 도움이 되었어요.』

『아사히 양의 소개니까, 조금은 할인해 줄게.』

상대는 오늘 방과 후 아사히 양이 소개해 준 마케팅 회사 사장님이었다.

한 시간 동안 내 상황을 경청한 이 여학생은 곧바로 가장 알맞은 서비스를 소개해 주었고, 무사히 계약을 체결할 수 있었다.

마케팅 서비스는 게임에서 활용하면 직원들의 업무 효율이 훨씬 높아진다고 한다. 그렇다고 아무 서비스나 이용하면 되는 것이 아니라, 회사의 과제에 맞는 서비스를 사용해야만 효과를 볼 수 있다고 한다.

"마케팅 효과가 나올 때까지 이대로 가야 하나……."

마케팅의 기본은 데이터 분석이다. 분석에는 시간이 걸리고, PDCA 사이클이라는 이름처럼 몇 번이고 반복해서 궤도를 수정해야만 효과를 볼 수 있다.

"무서운걸……."

쉽게 성과를 바라면 안 된다는 것은 알지만, 결과가 바로 나오

---

* PDCA : Plan(계획), Do(실행), Check(검증 및 평가), Action(대책 및 개선)으로 관리하는 방법.

지 않는 것은 무섭다. 사실 이건 잘못된 것 아닌가? 시간과 돈을 낭비하는 것은 아닐까? 그런 불안감이 마음을 좀먹는다.

조금만 더 게임 공부를 해볼까.

시간은 오후 9시가 막 지났다. 게임에 로그인할 수는 없지만, 알아보고 싶은 것은 얼마든지 있다. 9시가 넘어가면 일반적인 수업 예습과 복습을 하려고 했지만, 게임에 대한 불안감이 너무 커서 이대로는 다른 공부도 제대로 할 수 없다.

한쪽에서 발을 떼면 다른 쪽에서 발이 빠지는 상황. 마치 개미지옥에 떨어진 기분이다.

잠을 못 자서 그런지 마음도 우울해진다. 두 뺨을 가볍게 두드리며 의욕을 되찾으려는 찰나, 문을 두드리는 소리가 들렸다.

"이츠키 씨. 지금 시간 괜찮으세요?"

시즈네 씨의 목소리가 들려서, 나는 "네."라고 대답했다.

"실례합니다."

"어? 히나코는요?"

"아가씨께선 카겐 님과 게임 관련으로 회의 중이십니다. 저는 연락차 왔습니다."

연락? 고개를 갸웃거리는 내게, 시즈네 씨가 말을 잇는다.

"저와 아가씨는 다음 주 일요일에 회식 약속이 있어서 저녁까지 자리를 비우게 되었습니다."

"알겠습니다. 저는 같이 갈 수 없나요?"

"이번에는 코노하나 그룹 임원들이 한자리에 모이는 특별한 자리라서…… 이츠키 씨에게는 조금 이르겠군요."

그런 게 있었나…….

히나코는 회식 분위기를 별로 좋아하지 않는다. 뭐라도 도와주고 싶은 마음에 가능하면 동행하고 싶지만, 이번엔 힘들 것 같다.

"마음만 받아둘게요. 이츠키 씨도 언젠가는 참가할지 모르겠네요."

"좋아해야 할지, 무서워해야 할지……."

그룹 임원들만 모이는 특별한 회식…… 만약 내가 그런 자리에 끼면 빌려온 고양이가 아니라 늑대에게 둘러싸인 양처럼 될 것 같다.

"당일 이츠키 씨는 자유롭게 지내셔도 상관없지만…… 가능하면 푹 쉬는 것을 추천합니다."

"그렇게 피곤해 보이나요……?"

"숨기려고 하는 것 같지만, 너무 티가 나는군요. 매일 얼굴을 보는 사이이니까요."

그렇게 말하고 시즈네 씨는 방을 나갔다.

(푹 쉬라니…….)

걱정해 주는 것은 고맙다.

하지만 지금의 나는 쉴 틈이 없다.

어차피 혼자라면…… 마음껏 공부하자.

일요일에는 게임에 로그인할 수 없지만, 그렇다면 지식을 습득하는 데 집중하면 된다. 어쨌든 지금의 내겐 경영을 공부할 시간이 필요하다.

"응……?"

노트북 옆에 두었던 스마트폰이 진동한다.

화면을 보니 내가 아는 사람에게 온 전화였다.

"텐노지 양?"

『토모나리 씨. 잠시 통화해도 될까요?』

"네, 괜찮습니다."

무슨 용무라도 있는 것일까.

『갑작스럽겠지만, 다음 주 일요일에 시간이 나셔요?』

"네, 그런데요……."

『그렇다면 나와 함께 외출해 봐요.』

갑작스러운 초대였다.

마음은 기쁘다. 하지만 나는 일요일에 집중해서 공부하기로 마음먹은 참이다.

"죄송해요. 요새는 조금 바빠서, 이번엔 사양할게요……."

『게임 작전회의를 할 거예요.』

내 말을 가로막듯 텐노지 양이 말한다.

『학생회를 목표로 하는 동지로서 유익한 이야기를 하고 싶은데요…….』

"그렇다면 참가하겠습니다."

『좋아요. 그럼 자세한 얘기는 나중에 다시 하죠.』

전화기 너머로 텐노지 양이 기분 좋게 웃는 것을 알 수 있었다.

텐노지 양과는 여러 번 함께 공부 모임을 했던 사이다. 그때 텐노지 양 덕분에 나는 키오우 학원의 시험에서 좋은 점수를 받을 수 있었다.

그 텐노지 양이 유익한 이야기를 하고 싶다고 하니까, 이번에도 분명 보탬이 되는 것을 공부할 수 있을 것이다.

『덧붙여서, 당일엔 노트북을 가져오지 않기로 해요.』

"어, 그러면 작업할 수 없지 않나요?"

『어차피 일요일에는 게임 자체에 로그인할 수 없고, 게다가 노트북을 들고 이동하는 것은 조금 피곤하답니다.』

"알겠습니다……."

텐노지 양의 말도 일리가 있어서, 나는 납득했다.

『그리고 수면 부족에는 주의해 주세요.』

"네."

귀중한 기회를 얻은 만큼, 단단히 집중할 수 있는 컨디션을 만들어야겠다.

토요일엔 일찍 자야겠는걸…….

◆

집합 장소인 역 앞에서 몇 분을 기다리자, 검은색 차량이 눈앞에 멈춰 섰다.

마치 거물급 정치인을 태우고 있는 듯한 위풍당당한 차에 행인들의 시선이 쏠린다. 그 안에서 등장한 소녀는 어찌 보면 그들의 기대를 저버리지 않는 외모와 풍채를 갖추고 있었다.

아름다운 금발 롤 머리를 찰랑거리며 텐노지 양이 다가온다.

(생활력 없음)
~영애들이 다니는 명문 학교에서 제일가는 **아가씨**를 남몰래 돕는 시중 담당이 되었습니다~ 6

"기다리게 했나 보군요."

"아뇨, 저도 방금 왔어요……."

정말 방금 온 거였다. 집합 시간이 되려면 충분한 시간이 있어서 잠시 기다릴 생각이었는데, 텐노지 양 역시 똑같이 생각한 걸지도 모르겠다.

하지만 그런 것보다 나는 텐노지 양의 모습이 더 궁금했다.

"왜 그러셔요?"

"그게…… 사복이 참 예뻐서요."

"어머, 말솜씨가 더 좋아졌네요."

텐노지 양이 빙긋이 웃는다.

예전에 텐노지 양에게 '사기꾼' 소리를 들었을 때가 생각났다.

하지만 속으로…… 나는 얼굴이 화끈거렸다.

오늘은 공부 모임인 줄 알았는데, 그런 것치고는 텐노지 양이 화사하게 차려입었다. 이대로 유원지에 직행할 것 같은 분위기다.

"이제 가볼까요, 이츠키 씨?"

텐노지 양이 내 호칭을 바꿨다.

그 의미를 아는 나는…….

"그래. 오늘은 잘 부탁해."

"후후……. 역시 이 순간은 행복하네요."

말투만 바꿨을 뿐인데, 텐노지 양은 기쁜 듯이 웃었다.

그런 말을 들으면 괜히 쑥스러워진다.

중견기업의 후계자인 토모나리 이츠키는 잠시 휴업 중이다. 오늘 텐노지 양과 함께 있는 나는 원래 고학생이던, 지금은 코노하나 가문의 시중 담당으로 일하는 본래의 토모나리 이츠키다.

"어디로 가는 거야?"

"여기예요."

텐노지 양이 스마트폰 화면을 보여준다.

"미술관……?"

여기서 공부한다는 뜻일까?

"먼저 사과부터 할게요."

텐노지 양이 진지한 표정으로 말한다.

"작전회의는 거짓말이에요."

"어?"

"오늘은 이츠키 씨가 숨을 돌릴 수 있도록 부른 거예요."

나는 무심코 이마에 손을 대고 텐노지 양의 말을 머릿속으로 곱씹었다.

아마 텐노지 양은 요즘 내가 피곤한 것을 눈치채고 일부러 놀러 가자고 한 것일지도 모른다.

물론 나를 걱정해서 그랬을 것이다.

하지만 이번만큼은 순순히 받아들일 수 없었다.

"미안해. 마음은 고맙지만, 지금은 정말 여유가 없어서."

지금의 나는 할 일이 너무 많다. 머릿속은 항상 펑크 직전이고, 조금이라도 빨리 소화하지 않으면 마음이 망가질 것 같았다.

이런 상태의 나와 놀아도 텐노지 양은 즐겁지 않을 것이다.

그러니 미안하지만, 오늘은 그냥 돌아가는 게 좋을 것 같다.

"마치 예전의 나를 보는 것 같네요."

당황한 내 얼굴을 보고 텐노지 양이 말했다.

"조바심을 내는 그 얼굴을…… 예전에는 거울에서 지겹도록 봤어요."

어딘지 모르게 슬픈 듯 중얼거리던 텐노지 양은 단호한 얼굴로 나를 쳐다봤다.

"매니지먼트 게임 기간 중 일요일만은 게임에 로그인할 수 없다는 건 아시죠? 그 이유가 뭔지 아셔요?"

"그건…… 게임 말고 다른 공부도 해야 하니까?"

"아니에요."

텐노지 양은 고개를 가로저었다.

"게임에서 정신적으로 지친 학생이 냉정함을 되찾게 하기 위해서예요."

예상하지 못했던 대답이 나왔다.

"경영자는 막중한 책임을 짊어져야 하죠. 그렇기에 직원들보다 정신질환에 걸리기 쉬워요. 실제로 경영자의 자살률은 높답니다."

"그렇구나……."

"매니지먼트 게임은 비록 게임이지만, 성적을 크게 좌우하는 수업이기도 해요. 그리고 키오우 학원에 다니는 학생들은 부모님의 기대를 짊어지기 때문에 성적에 민감한 분이 많죠. 과거에도 게임 기간에 마음의 병을 앓는 사람이 생겨서, 학교 측에서 일주일에 한 번씩 쉬는 날을 마련한 거예요."

그런 사정이 있는 줄은 몰랐다.

하지만 텐노지 양의 말이 옳다. 키오우 학원에 재학 중인 학생들은 모두 부모의 기대와 집안을 짊어지고 있다. 매니지먼트 게임이 없어도 매일 죽기 살기로 노력하는 학생들이 있다. 히나코와 텐노지 양 역시 그렇다.

"경영자는 멘탈 관리가 필수. 그것은 게임에서도 마찬가지예요. 오늘은 포기하고, 내 휴식에 동참해 주셔요."

텐노지 양의 말이 내 가슴에 강하게 와닿았다.

텐노지 양에게 그만큼 걱정을 끼친 것 자체가 무엇보다도 가슴을 먹먹하게 했다.

(그렇구나. 나는 정신적으로 지쳤던 건가.)

그 조짐은 여러 번 있었을 것이다.

히나코도, 아사히 양도, 타이쇼도, 시즈네 씨도 내 수면 부족과 피로를 걱정했다. 이렇게 주변에서 걱정하는 지금의 내가 정상일 리가 없다.

"그렇게 할게……."

나는 고개를 끄덕이고 텐노지 양을 봤다.

"내가 신경을 너무 많이 쓴 건 알았어. 오늘은 휴식에 전념할게."

"좋아요. 쉬는 것도 일이랍니다."

텐노지 양은 만족스럽게 고개를 끄덕였다.

"정말이지…… 너무 애쓰지 말라고 했잖아요?"

그러고 보니 텐노지 양의 경영 방법을 조사할 때 그런 말을 들었던 것 같다.

생각해 보면 텐노지 양은 그때부터 이런 내 성격을 눈치채고 있었던 것 같다.

"그렇게 말해 준 사람은 텐노지 양밖에 없는걸."

"매니지먼트 게임은 순조로운 사람일수록 쉽게 빠져들게 되니까요. 어렴풋이 예상했지만, 이츠키 씨는 워커홀릭 예비군이 아닐지 의심마저 들어요."

나는 찍소리도 하지 못했다.

생각해 보면 나는 키오우 학원에 오기 전에는 생활비를 마련하기 위해 아르바이트만 했고, 전학을 온 뒤로는 공부만 했다.

고향의 옛 동생들과 이야기하고 그 생활방식을 고수하기로 결심했지만, 무의식적으로 그 생활방식에 속박된 걸지도 모르겠다. 노력은 유지해야 하겠지만, 이 정도로 주변 사람들에게 걱정을 끼치는 것은 나도 원하지 않았다.

"그러면 진짜로 이동하겠어요! 먼저 미술관으로 가요!"

"그래. 근데 아까 본 바로는 여기서 먼 것 같던데?"

"그래요. 그래서 차를 이용할 거예요."

그렇게 말하며 텐노지 양은 옆을 바라본다.

텐노지 양을 여기까지 데려다준 차가 아직 그곳에 서 있었다. 운전기사로 보이는 검은색 정장을 입은 남성과 눈이 마주치자, 깊이 머리를 숙여 인사한다.

"지난번엔 이츠키 씨가 서민적인 오락을 에스코트해 주셨으니까요. 이번엔 내가 상류층의 오락을 에스코트해 드리겠어요!"

나는 평소보다 활기찬 텐노지 양과 함께 차로 향했다.

내가 우울해하는 바람에 지금까지 표정을 어둡게 한 것을 마음속으로 사과했다. 한편으로, 역시 텐노지 양은 밝은 표정이 더 어울린다는 생각이 들었다.

◆

　두 시간 동안 천천히 미술관을 둘러본 우리는 여운에 젖은 채 밖으로 나왔다.
　"어땠어요?"
　텐노지 양이 물었다.
　"미술관에 온 건 처음인데…… 즐거웠어요."
　"후후, 그렇죠?"
　텐노지 양이 흐뭇하게 미소를 지었다.
　"눈도 귀도 아닌…… 마음으로 즐기는 오락. 그것이 바로 예술이에요. 나는 이 자극이 다른 곳에서는 얻을 수 없는 귀중한 것이라고 생각해요."
　그래서 내게 공유해 준 것 같다.
　확실히 예술 감상에는 여타와 다른 매력이 있는 것 같다. 스포츠, 영상, 만화, 게임……. 이러한 것들과는 또 다른, 정신적인 오락에는 말로 형용하기 어려운 재미가 있다.
　"미술관엔 자주 가?"
　"한 달에 한두 번 정도군요. 관심 있는 그림이 전시될 때마다 간답니다."

그 정도면 자주 가는 편이다.

미술관에선 텐노지 양이 거의 다 안내했다. 동선을 외운 걸 보면 이 미술관에도 자주 방문한 것이리라.

"이츠키 씨는 마음에 드는 그림이 있었나요?"

"그러게…… 식상할지도 모르지만, 수련은 눈길이 절로 끌리는 매력이 있었어."

"클로드 모네의 대표작이죠."

『수련』이라는 작품 주변에는 사람들이 모여 있었고, 미술관에서도 대표 전시작으로 소개하고 있었으니까, 정말 유명한 그림이겠지. 수면에 떠 있는 꽃을 그린 그 그림은 멀리서 보면 짙은 파란색이 두드러져 칙칙한 느낌이 들지만, 가까이서 관찰하면 부드럽게 표현된 빛이 존재함을 깨달아서, 한참을 멍하니 바라보고 있었다.

"사실 저 수련은 연작의 일부이고, 다른 그림도 있답니다?"

"어, 그래?"

"다음에 다른 수련도 전시하는 이벤트가 있으니까, 다시 초대할게요."

그건 정말 기대된다.

걷기 시작하자 발바닥이 살짝 시큰거렸다.

큰 미술관이라서 그런지 걷다가 지친 것 같다. 스마트폰으로 시간을 확인해 보니 오후 3시…… 저녁때까지는 아직 시간이 있다.

"잠깐 쉬었다 갈까?"

"그렇군요. 그러면 카페에 가요."

텐노지 양이 자연스럽게 제안했다.

"참고로 가게는 이미 정했어요. 여기서 조금만 걸어가면 있어요."

"역시나 완벽한 에스코트인걸."

"숙녀의 기본 소양이랍니다."

텐노지 양이 자신만만한 얼굴로 말했다.

텐노지 양의 경우, 숙녀의 기본 소양이라는 말 하나로 뭐든지 다 터득할 것 같다. 숙녀와 관계가 있는지는 잘 모르겠지만, 어쨌든 대단한 사람임은 확실하다.

"어서 오십시오. 텐노지 님, 토모나리 님."

안내받은 카페에 들어서자, 연미복을 입은 남자 점원이 머리를 숙여 인사했다.

나는 익숙한 느낌인 텐노지 양을 따라서 가게 안의 좌석에 앉았다.

유럽의 궁전처럼 호화로운 인테리어가 인상적이다. 바닥은 대리석, 벽에는 그림이 있고, 테이블에는 고급스러운 다기가 놓여 있다. 가게 안쪽에는 무대 같은 곳이 있는데, 그곳에는 그랜드 피아노가 놓여 있었다. 하얀 천장에는 금빛 조명이 달렸고, 어디를 보아도 고급스러운 풍경을 즐길 수 있다.

"여기는 텐노지 가문의 회원제 카페예요. 나도 일주일에 한 번은 이곳에 온답니다."

익숙하다고 생각했는데, 이 가게도 애용하는 모양이다. 아까는 이름을 밝히지 않았는데도 점원이 이름을 불러서 놀랐는데, 점원은 이미 텐노지 양을 알고 있었고, 오늘 내가 동행하는 것도 미리 전달받은 거겠지.

"진짜 고급스러운 가게네."

"긴장하지 않아도 돼요……라고 말하려고 했는데요."

마주 앉은 텐노지 양이 내 얼굴을 똑바로 보고 말했다.

"기대했던 것보다 차분하네요."

"그야 뭐…… 평소에 사는 데가 원래 그런 곳이니까."

코노하나 가문의 저택에 살다 보면, 그냥 살아도 10만 엔이 넘는 가구나 100만 엔이 넘는 그림을 보게 된다.

내성이 생기는 건 당연하다.

"이츠키 씨는 코노하나 가문의 별저에 산다고 했죠?"

"그래. 본가 저택이 아니지."

"본가 저택은 더 넓답니다. 아주 오래전에 사교계 파티로 방문한 적이 있는데, 그때는 나도 감동했었죠. 아쉬운 추억이지만요."

당시 텐노지 양은 히나코를 라이벌로 여기지 않았기에 솔직하게 감동했을 것이다. 지금도 그 솔직함은 은근슬쩍 드러나고 있지만.

그러고 보니 나는 코노하나 가문의 본가 저택을 본 적이 없다.

카겐 씨는 별저를 자주 이용하지만, 타쿠마 씨는 항상 본가 저택에 있는 것 같다. 히나코와 시즈네 씨는 지금쯤 코노하나 그룹 임원들과 회식 중일 텐데, 어쩌면 그 장소가 본가 저택일지도 모르겠다.

"메뉴입니다."

점원이 메뉴판을 건네주었다.

코노하나 저택에 살게 되면서 나도 고급스러운 분위기에 내성이 생겼다. 하지만 어디까지나 분위기에 내성이 생겼을 뿐……가격 표시가 없는 메뉴판을 보자마자 정신이 멍해졌다.

"얼마나, 하는 거야?"

"오늘은 신경 쓰지 않아도 돼요. 내 휴일에 초대한 거니까요."

오늘은 공부 모임을 할 줄 알았기에 내 수중에는 돈이 얼마 없었다.

이 자리에서 자꾸 돈 이야기를 하는 것도 무례일 것 같아서, 이번에는 텐노지 양의 호의를 받아들이기로 했다.

텐노지 양과 똑같이 홍차를 주문하자 금방 테이블에 나왔다.

소리를 내지 않고서 잔을 입에 대고 조용히 마신다.

"맛있어……."

부드럽게 달달한 밀크티였다.

미세한 쓴맛이 알맞게 엑센트를 주며 뒷맛도 깔끔하다.

"이 시기의 홍차는 풍미가 진하고 맛있답니다."

"계절에 따라 맛이 달라져?"

"그래요. 좋은 품질의 차를 수확하는 기간을 퀄리티 시즌이라고 하는데, 그중에서도 오텀널…… 가을철 홍차는 향이 진하고 맛이 진해서 밀크티에 어울리죠."

"흠…… 키오우 학원에 오고 나서 홍차를 마실 기회가 많아졌는데, 전혀 몰랐네."

"홍차에 관해서는 내 취미여서, 특별히 잘 아는 거예요."

다행이다. 일반 교양이 아니었구나.

나도 키오우 학원을 다니면서 차의 종류와 다기 브랜드를 조금씩 알아가고 있지만, 아직도 동급생들과 이야기하다 보면 '그걸 그렇게까지 알아야 해?!' 라는 충격을 받을 때가 있다.

상류층 문화는 참으로 오묘하다.

텐노지 양과 함께 우아한 시간을 보내고 있는데, 예쁜 드레스를 입은 여성이 가게 안쪽의 무대에 서서 손님들에게 인사했다.

그 여성은 그랜드 피아노 앞에 앉아 차분히 연주하기 시작했다.

잔잔한 곡이었다. 미술관에서 예술을 접한 뒤라서 그런지 부드러운 음색이 자연스럽게 가슴속에 파고든다.

"『죽은 공주를 위한 파반』……. 파반이란 16세기 유럽에서 유행했던 춤이에요."

텐노지 양의 해설도 음미하며 차와 연주를 즐긴다.

피아노를 잘 모르지만, 복잡하고 연속적인 음들이 섞이지 않고 주옥처럼 연주되어서 아주 듣기 편했다. 저 피아니스트는 유명한 사람이리라.

연주가 끝나자 관객들이 박수를 보낸다. 자리에서 일어난 피아니스트가 다시 한번 머리를 숙였다.

마지막으로 피아니스트가 텐노지 양을 바라보며 인사했다. 텐노지 양도 웃음으로 화답했다.

회원제 카페라고 했으니까, 분명 아는 사이일 것이다.

"아는 사이라면 이야기해도 되잖아?"

"지금의 나는 손님이고, 저분은 연주자예요. 이 우아한 관계를 깨뜨리는 무례한 행동은 하지 않아요."

텐노지 양은 조용히 홍차를 마시며 말했다.

지인이기 이전에 연주자와 손님. 텐노지 양은 지금 지인의 음악이 아닌 전문 연주자의 음악을 즐기는 것이다.

그것이 최상급의 존경을 표현하는 방식 같았다.

이것이 일류 숙녀인가……

히나코가 완벽한 숙녀라면 텐노지 양은 일류 숙녀라고 불러도 손색이 없다. 말과 행동이 우아할 뿐만 아니라 인간적으로…… 본인의 삶에서 기품이 넘친다.

"텐노지 양은 의외로 취미의 폭이 넓구나."

"의외라는 말은 불필요해요."

실수했다.

하지만 텐노지 양은 진심으로 화내지 않고, 얼굴에 웃음을 띠고 있었다.

"하지만 오늘 함께해 주신 취미는 대부분 최근에 생겼답니다."

"그래?"

"그래요."

텐노지 양은 다정한 눈빛으로 나를 바라보았다.

"당신 덕분이에요."

텐노지 양은 기분 좋게 말을 이어갔다.

"이전의 나는 텐노지 가문에 걸맞은 영애가 되려고 매일매일 필사적으로 노력했답니다. 겉으로는 드러내지 않으려고 조심했지만, 당시에는 몸과 마음이 지쳐서 가족들에게 걱정을 많이 받았어요."

그때의 텐노지 양을, 나는 알고 있다.

혼담이 오갔을 때, 순종할 수밖에 없다고 착각했던 그 시절의 텐노지 양이다. 그때의 텐노지 양은 확실히 정신적으로 지쳐 있었다.

"그러한 내 세계를 넓혀 준 것이 이츠키 씨예요. 당신 덕분에 나는 부모님의 마음을 이해할 수 있었고, 여유로운 나날을 손에 넣을 수 있었죠. 그 결과로 이렇게 다양한 취미와 만날 수 있었어요."

텐노지 양은 원래부터 부모의 기대에 과도하게 부응하려고 했다. 아니, 마음속에 부모의 기대치를 멋대로 설정하고, 그것에 부응하는 것이 자신의 사명이라고 착각하고 있었다.

그 속박에서 벗어난 결과가 지금의 텐노지 양일 것이다.

이전과 마찬가지로 노력파…… 하지만 이제는 시야가 좁아지지 않고, 주변에서 자신에게 향하는 감정을 적절히 받아들이며 살아가고 있다.

무거운 짐을 짊어진 줄 알았는데, 사실 텐노지 양은 처음부터 가벼웠다. 지금은 그 가벼운 마음으로 여러 가지를 경험하고 있다고 한다.

"이츠키 씨, 다시 한번 감사드려요. 당신 덕분에 내 인생이 크게 넓어졌어요."

텐노지 양이 조용히 머리를 숙였다.

"그렇게 대단한 일을 한 것 같지는 않은데⋯⋯."

"내게는 세상에서 제일 중요한 일이에요."

그렇게까지 말해 주면 나도 열심히 설득한 보람이 있다.

"아무튼, 이츠키 씨에게 전하고 싶은 건, 내가 당신 덕분에 행동을 바로잡을 수 있었다는 거예요."

텐노지 양이 홍차를 마신다.

그리고 그 잔을 조금 힘차게 내려놓았다.

"그, 랬, 는, 데! 이번엔 당신이 옛날의 나처럼 고뇌하니까요! 뭐든 한마디 해주고 싶어지는 거예요!"

"미안해⋯⋯."

홍차를 마실 때부터 안 좋은 예감이 들었지만, 역시나 이야기가 그렇게 연결되는 건가⋯⋯.

"요즘의 이츠키 씨는 옛날의 나를 보는 것 같았어요. 그래서 결심한 거예요. 이번엔 내가 도와줘야 한다고요."

"그런 거였나⋯⋯."

"옛날의 나라면, 고뇌하는 이츠키 씨를 보고 '더 힘내세요.' 라고 말했을지도 모르겠네요."

글쎄⋯⋯ 과연 어떨까.

예전과 지금의 텐노지 양이 다른 건 사실이지만, 예전의 텐노지 양도 지금의 나를 보면 쉬라고 하지 않았을까?

텐노지 양은 자기가 변한 것을 아니까 예전의 자신을 다소 비하하는데⋯⋯ 내가 아는 텐노지 양은 처음 만났을 때부터 다정했다.

히나코가 떨어뜨린 지갑을 찾다가 텐노지 양이 나를 불러서 자세를 바로잡으라고 한 기억이 아직도 생생하다. 그때의 텐노지 양은 정말 멋지고, 친절했다. 갈피를 잡지 못하는 내게 '나도 저렇게 되고 싶다'는 생각이 들게 한 사람이었다. 텐노지 양은 내가 먼저 도왔다고 하지만, 사실 먼저 도와준 건 텐노지 양이었다.

"나도 텐노지 양 덕분에 달라질 수 있었어."

생각하던 것을 나도 모르게 입 밖에 꺼냈다.

"자신을 믿는 것. 똑바로 말하는 것. 자세를 바르게 하는 것. 노력하는 것. 모두 텐노지 양에게 배운 거야. 내가 더 고마워."

그 소중함을 가르쳐 준 사람은 단연코 텐노지 양이다.

나는 가슴을 펴고 텐노지 양을 똑바로 보았다.

고급스러운 공간에서, 실수하면 안 되는 분위기 속에서, 나는 텐노지 그룹의 영애와 단둘이서 이야기하고 있다. 예전의 나라면 움츠러들었을 것이다. 하지만 지금은 내가 생각해도 놀라울 정도로 당당하게 행동할 수 있게 되었다.

그런 나를 보고, 텐노지 양은 왠지 한동안 멍하니 있었다.

텐노지 양의 뺨이 살짝 붉게 물들었다.

"그……그렇다면 다행이네요!"

왠지 모르게 낯간지러운 분위기가 됐다.

얼굴이 뜨겁다. 아마 내 얼굴도 붉게 물들었겠지.

"그, 그러고 보니 스미노에 양도, 텐노지 양이 예전과 달라졌다고 하던데."

분위기를 바꾸기 위해, 나는 생각나는 다른 화제를 꺼냈다.

"그래요?"

"그래. 지난번 공부 모임에서 이런저런 이야기를 들었어."

나는 본성 이야기를 빼고 스미노에 양에 관해서 말했다.

"텐노지 양은 예전에 스미노에 양을 도와준 적이 있다며?"

"도와준 건 아니에요. 나는 그저 스미노에 양의 재능을 낭비하고 싶지 않았을 뿐이죠. 스미노에 씨를 도운 건 본인의 노력이랍니다."

텐노지 양은 스미노에 양에게 실력이 있어서 그룹 회사로 영입할 뜻을 전했다고 한다.

"스미노에 양과는 자주 이야기해?"

"그러네요. 하지만 2학년 때부터 학급이 갈려서 방과 후에나 얼굴을 보는 정도랍니다."

"그렇구나. 스미노에 양은 텐노지 양을 무척 좋아하니까, 쓸쓸할지도 모르겠는걸."

"어머, 그렇게 느껴지던가요?"

"그야 뭐……."

쓸쓸한지 어떤지는 잘 모르겠지만, 텐노지 양을 향한 사랑은 잘 느껴졌다.

어쩌면 학급이 갈리기 전…… 일상적으로 텐노지 양과 마주칠 수 있었던 시절의 스미노에 양은 지금보다 더 멀쩡했을지도 모른다.

"스미노에 양이 나를 흠모해 주는 건, 어렴풋이 느끼고 있었답니다."

텐노지 양 역시 스미노에 양의 마음을 은근슬쩍 알아차린 모양이다.

아무리 그래도 진짜 본성은 모를 테지만.

"다만…… 그분은 이전의 나를 존경했으니까, 지금의 나를 복잡하게 여길지도 모르겠어요."

텐노지 양은 복잡한 얼굴로 그렇게 말하며 카페 벽에 걸린 시계를 바라보았다.

"자, 이제 다음 목적지로 이동해 볼까요?"

"다음도 있어?"

"그래요. 요새는 서로 앉아서 일하는 시간이 많아졌잖아요?"

하긴 그렇다.

"이럴 때는…… 몸을 움직이는 것이 제일이에요!"

◆

미세한 긴장감과 함께, 나는 숨을 내쉬었다.

한참을 가만히 서서 기다리자, 발소리가 다가온다.

"오래 기다리셨어요."

그렇게 말하며 다가온 텐노지 양에게, 나는 그만 넋을 잃고 말았다.

"정말, 잘 어울립니다."

"존댓말로 돌아왔어요."

간소한 검정 정장을 입은 내게, 파란 드레스를 입은 텐노지 양이 웃으며 말했다.

텐노지 양이 내게 손을 내민다.

"자, 춤춰 볼까요."

잔잔한 곡이 흘러나온다.

카페를 나온 뒤, 텐노지 양이 안내한 곳은 댄스홀이었다.

사교댄스를 위해 마련된 시설답게 넓고 우아하고 고급스러운 분위기다. 바닥은 적당히 미끄러워 움직이면 발소리가 부드럽게 울려 퍼진다. 천장에는 은은하게 빛나는 화려한 조명이 달려 있었다.

의상을 대여할 수 있어서, 우리는 각자 단정한 옷으로 갈아입었다. 최근에는 사교댄스를 경험할 일이 없다 보니 댄스용 의상을 입는 것도 오랜만이었다.

우리가 추는 춤은 슬로 왈츠.

생각해 보면 내가 텐노지 양에게 처음 배운 춤도 이 슬로 왈츠였다.

"어머, 의외로 잘 기억하고 계시네요."

"그건 뭐, 엄격하게 단련받았으니까……."

"선생님이 잘 가르쳤나 보군요. 다음에는 탱고도 가르쳐 드릴까요?"

탱고는 왈츠와 달리 열정적이고 격렬한 춤이다.

조금은 관심이 있지만, 다음 기회로 미루기로 한다.

홀드 자세를 유지하며, 텐노지 양과 함께 몸을 반 바퀴 돌린다. 그 움직임은 내가 생각해도 무척 매끄러워서, 아무런 저항을 느끼지 않았다.

사교댄스에서는 간혹 서로 호흡이 딱 맞았다고 느껴지는 순간이 있다.

이 순간이 무척 즐겁다. 마치 나와 텐노지 양 사이에 있는 경계가 흐릿해지는 듯한…… 어느 한쪽만이 아니라 양쪽이 모두 흐름에 몸을 맡기는 듯한, 신기한 감각이다.

"지금 생각해 보면 감회가 새롭네요."

텐노지 양이 미소를 지으며 말한다.

"처음 춤을 췄을 때 이츠키 씨는 긴장해서 쩔쩔매었는데요."

"그렇게 심했어?"

"그래요. 정말 심했답니다. 나와 눈이 마주치기만 해도 몸이 딱딱해졌어요."

듣고 보니 그랬던 것 같기도 하다.

"나도 어렸을 적에는 그랬어요. 잘해야 한다는 마음이 앞서서, 그만 긴장하고 말았죠……."

"아니, 그런 것과는 조금 다르다고 할까."

의아해하는 텐노지 양에게, 나는 말을 이었다.

"그게…… 내가 긴장한 건 상대가 텐노지 양이라서……."

"……."

그 이후의 말은 부끄럽고 미안해서 말하지 않았다.

춤이라고는 하지만, 몸을 밀착하고 얼굴도 가까워지는…… 그것을 텐노지 양과 하는 것이니 긴장하지 않을 리가 없었다.

지금은 어느 정도 익숙해졌지만, 사실 아직도 긴장하고 있다.

아직 미숙해서 미안한 마음으로 춤을 추는데, 텐노지 양이 스텝을 잘못 밟는 바람에 자세가 흐트러뜨릴 뻔했다.

"텐노지 양?"

텐노지 양치고는 이례적인 실수라고 생각하며 그 얼굴을 보니…….

"당신만 긴장하는 게 아니랍니다……."

"어?"

텐노지 양은 살짝 뺨을 붉히며 고개를 돌렸다.

어색한 분위기 속에서 우리는 계속 춤을 추었다.

이걸 어쩐다. 갑자기 손에 땀이 나는 게 신경 쓰이기 시작했다.

텐노지 양도 마찬가지인지 춤을 추면서 서로 초조하게 몸을 움직인다.

"그, 그리고 보니 이츠키 씨는 어째서 학생회에 들어가려고 마음먹은 거예요?"

텐노지 양이 화제를 바꿨다.

그러고 보니 그 설명을 하지 않았던가.

하지만 어떻게 설명하면 좋을까. 텐노지 양은 히나코에게 경쟁심이 있다. 모처럼 즐거운 분위기를 깨뜨리고 싶지 않으니 그 부분만 살짝 얼버무려서 설명해 보자.

"사실 나는 장래에 어떤 기업의 임원이 되고 싶은데, 그러려면 실적이 필요해. 키오우 학원에서 학생회 경험이 있으면 유리하다는 말을 듣고……."

그렇게 설명하자, 텐노지 양의 눈빛이 예리해졌다.

"코노하나 그룹인가요?"

"어?"

"내 앞에서 이름을 밝히지 않은 것. 키오우 학원 학생회 입회라는 까다로운 실적이 필요하다는 것. 이렇게 두 가지만 들으면 쉽게 짐작할 수 있답니다."

쉽사리 들통났다.

나는 아무 말도 하지 못하고 입을 다물었다.

"즉, 코노하나 히나코를 위해 학생회를 목표로 삼았다는 거예요?"

"아니야. 딱히 그런 이유만 있는 건 아니고……."

텐노지 양이 춤을 멈춘다.

잔잔하고 아름다운 선율이 울려 퍼지고 있었다. 그것은 어딘지 모르게 쓸쓸함과 애절함도 연상케 하는 음악이었다……

"당신의 눈에 들어오는 건……."

텐노지 양이 내 몸을 바짝 끌어당긴다.

"당신이 보는 건…… 코노하나 히나코뿐인가요?"

서로의 코끝이 살짝 닿았다. 그래도 텐노지 양은 내게서 눈을 돌리지 않는다.

그 눈에 비친 나는 동요하고 있었다. 대답을 고민하고, 입을 꾹 다물고 있는 얼굴이다.

문득…… 텐노지 양의 눈망울이 일렁이고 있음을 알아차렸다.

텐노지 양의 눈은 항상 강하고 빛나는 것처럼 보였다. 하지만 지금은 그렇지 않다. 이렇게 가까이서 보니까 알 수 있다. 그 눈

(생활력 없음)

은 살짝 불안한 기색으로 일렁이고 있었다.

이상하다.

텐노지 양은 이렇게 진지하게 나를 바라보는데…… 나는 왜 지금 이렇게 당혹스러운 표정을 짓는 걸까?

"아니야."

내 입에서 나온 숨결이 텐노지 양의 머리카락을 흔들었다.

눈을 감았다가 다시 뜬다.

텐노지 양의 눈에 비친 내 얼굴은…… 더 이상 망설이지 않았다.

"아까도 말하려고 했지만, 그게 다가 아니야. 나는 텐노지 양이나 나리카, 평소 교류하는 모든 사람과 대등한 관계가 되고 싶어."

"대등한 관계……?"

나는 "그래."라고 고개를 끄덕였다.

이것은…… 여름방학 막판에 결심한 것이기도 하다.

여름방학의 막바지 무렵, 나는 예전의 일상으로 돌아갈 수 있었다. 하지만 돌아가지 않았다.

그 이유 중 하나는…… 텐노지 양이다.

"키오우 학원에 와서 다양한 사람들을 접하는 동안에, 나도 그렇게 되고 싶어졌어. 텐노지 양도 내가 그렇게 생각하게 해준 사람이야."

텐노지 양은 진지하게 내가 하는 말을 들어주었다.

나는 다른 사람들처럼 큰 책임을 짊어질 수 있는 사람이 되고 싶다. 구체적으로 코노하나 그룹의 임원 정도는 되고 싶다.

그리고…… 그 이상의 야망도 있다.

"지금은 아직은 가짜 신분으로 다니고 있지만…… 언젠가는 진짜 신분으로 모두의 옆에 서고 싶어. 학생회를 목표로 삼은 건, 그 첫걸음이야."

그것이 진정한 의미로 대등한 관계라고.

진정한 의미로 나란히 서는 거라고, 나는 생각했다.

그런 내 생각을 들은 텐노지 양은 작게 한숨을 내쉬고 말한다.

"당신은 역시 챌린저군요."

챌린저(도전자)라…… 듣고 보니 그럴지도 모르겠다.

평범한 서민에게 이런 야망이 있다면 도전자가 틀림없을 것이다.

"그런 당신이기에 나는…………."

텐노지 양은 어딘지 모르게 황홀한 표정으로 나를 바라봤다.

"텐노지 양……?"

"아뇨, 아무것도 아니에요! 하마터면 말할 뻔했어요."

얼굴이 새빨갛게 물든 텐노지 양이 두 손으로 입을 가렸다.

다음 곡이 흘러나오고, 우리는 다시 손을 잡고 춤추기 시작했다.

천천히, 서로 마음을 확인하는 것처럼 차분하게 왈츠를 춘다.

"하나만 더 물어볼게요. 만약 내가 당신에게 텐노지 그룹에 와 달라고 하면 어떻게 할 거예요?"

"그건……."

히나코는 나를 고용해 준 은혜가 있다. 그리고 시중 담당으로서 앞으로도 히나코의 곁에 머물며 부담을 덜어주고 싶다. 히나코는 매일매일 외롭게 싸워야 한다. 그런 히나코의 버팀목이 되고 싶은 마음은 강하다.

하지만 텐노지 양에게도 갚아야 할 은혜가 있으니까, 곤경에 처하면 도와주고 싶다. 텐노지 양에게 신뢰와 기대를 받으면 어떻게든 보답하고 싶은 마음이 생긴다.

일하는 방식으로 선택할 것인가? 돈으로는 정할 수 없다. 둘 다 내겐 턱없이 좋은 대우일 것이다. 그렇다면 업종으로 판단할까? 내게 맞는 업종을 선택한다고 가정할 때…… 아니다, 적성에 맞지 않으면 졸업할 때까지 공부하면 될 일이다.

생각이 너무 많아져서 이마에 땀이 맺혔다.

결국 내가 내린 결론은…….

"두, 둘 다는 안 될까……?"

"하~~~~~~아!"

텐노지 양은 그 어느 때보다 깊은 한숨을 쉬었다.

"사기꾼, 무신경, 벽창호."

"어어……."

"나는 이츠키 씨를 다시 자~~~~알 이해했어요. 이츠키 씨는 이런 문제를 자꾸 미루고 끝까지 답을 내놓지 않는 사람이군요."

"끙……."

그렇게까지 말하니 조금 되받아치고 싶어졌다.

애초에 텐노지 양은 어떨까?

내가 여기서 결단한다고 쳐도, 그걸 받아들일 준비가 됐을까?

"그래요. 나는 처음부터 그럴 작정이니까 말이죠? 그렇다면 오히려 내가 제일 유리하겠군요. 어차피 나는 기다리는 것보다 직접 가지러 가는 것이 성격에 맞으니까……."

"그렇다면 텐노지 양을 따라갈게."

그렇게 말하자 텐노지 양은 눈을 동그랗게 떴다.

"어, 어어……?!"

"나는 텐노지 양을 택하겠어."

"흐냥?! 어, 잠깐만요?!"

텐노지 양은 이상한 소리를 내고 스텝을 멈췄다.

그 모습을 보고, 나는 만족했다.

"농담한 거야. 거봐, 텐노지 양도 마음의 준비가 안 됐잖아."

"잠깐, 잠깐만요……!!!! 아, 아마도! 당신과 나 사이에서, 생각하는 부분이 다른 것 같습니다!"

"생각하는 부분이라니…… 미래를 말한 거 아니야?"

"그렇긴 하지만요! 그런 게 맞지만요!!"

어느 회사에 취직할지를 말한 게 아니었나……?

"나도 다시 텐노지 양을 잘 이해했어. 텐노지 양은 밀어붙이면 약해지는구나."

"무, 무, 무슨……?!"

텐노지 양은 입을 뻐끔거리며 나를 봤다.

"아, 너무 의기양양하게 굴지 마셔요! 다, 다음에 또 그런 소리를 하면……."

"하면 어쩌려고?"

텐노지 양은 얼굴을 새빨갛게 물들이고 말했다.

"책, 책임……지게 할 거예요!!"

그랬다간 일이 너무 커질 것 같아서, 나는 바닥에 머리를 대고 싹싹 빌었다.

◆

그 이후로 우리는 한 시간 정도 춤을 추고, 마지막으로 각자 샤워해서 땀을 씻은 뒤 댄스홀을 빠져나왔다.

"휴……. 오늘은 땀을 많이 흘렸어요."

"그러네."

도중에 엉뚱한 일로 땀을 흘리기도 했지만.

저녁노을 속에서 여유롭게 걷고 있는데, 텐노지 양 쪽에서 작은 전자음이 들렸다.

"잠시 실례할게요."

텐노지 양은 스마트폰을 꺼내 귀에 댔다.

스마트폰에서 상대의 목소리가 들려온다. 매니지먼트 게임이라는 단어가 들리는 걸로 봐서, 아마도 동급생일 것이다.

텐노지 양은 "나중에 다시 걸겠어요."라고 말하고 통화를 끝냈다.

"게임 얘기야?"

"그래요. 오늘 하루는 쉬기로 했으니까, 나중에 다시 연락할 거예요."

그래도…… 굳이 전화를 걸었다면 급한 일이 아니었을까.

"나를 신경 써 준 거라면 이제 괜찮아. 덕분에 푹 쉴 수 있었으니까."

애초에 내가 고집을 부린 탓에 휴식에 연연한 것이다. 반성한 지금은 무리하게 휴식에 집착할 필요가 없다고 생각한다.

게다가 나와 달리 텐노지 양은 완벽하게 멘탈 관리를 하는 것 같다. 그렇다면 굳이 나와 함께 텐노지 양까지 멈출 필요는 없으리라.

텐노지 양은 하고 싶은 일을 해도 괜찮다. 그런 내 마음이 전해 졌는지, 텐노지 양은 빙긋이 웃고 고개를 끄덕였다.

"그래요. 그렇다면 잠시 자리를 비우겠어요."

텐노지 양은 나와 조금 떨어져 통화했다.

이번 통화는 길었다. 봐서는 대수롭지 않은 잡담이 아니라 머리를 쓰는 이야기를 하는 바람에 답변하는 데 시간이 걸리는 것 같았다.

근처 벤치에 앉아 기다리자 텐노지 양이 내게로 돌아왔다.

"오래 기다리게 했군요."

텐노지 양이 내 옆에 앉는다.

"수고했어. 무슨 얘기였어?"

"업무 제휴에 관한 이야기예요. 지금 제휴업체를 검토하고 있는데, 그중 한 회사에서 강력하게 어필하는 바람에 대응하고 있었어요."

"흠. 그야 텐노지 양의 회사라면 누구나 기꺼이 제휴하길 원하겠지."

"다행히 그런 것 같네요."

지난번에는 M&A, 이번에는 업무 제휴다. 텐노지 양은 여러 회사와의 관계를 활용해서 회사를 운영하고 있다.

나도 언젠가 다른 회사와 제휴할 필요가 생길지도 모르겠다. 그렇게 생각하니 텐노지 양의 업무 제휴가 어떤 것인지 궁금해졌다.

"어떤 후보가 있어?"

"대충…… 이런 느낌이에요."

텐노지 양이 스마트폰을 내게 내밀었다.

화면에는 각 기업의 자료가 띄워져 있었다. 총 10개 회사일까. 나는 손가락으로 화면을 슥슥 넘기면서 각 기업의 특징을 살펴봤다.

"현재로서는 두 번째 회사가 가장 유력한 후보랍니다."

나는 그 회사의 자료를 살펴봤다.

알기 쉬운 우량 기업이었다. 회사 규모도 크고 업종도 비슷하다. 이곳과 제휴하면 안정적인 수익을 얻을 수 있으리라.

(어……?)

하지만 나는 다른 회사의 자료를 보다가 조금 의문이 생겼다.

"이 회사도 괜찮지 않을까?"

"네?"

나는 텐노지 양에게 스마트폰을 돌려주었다. 화면에 표시된 자료를, 텐노지 양은 조용히 확인했다.

"그럴까요? 이쪽 회사는 예산 절충이 어려워서, 전체적으로 우리 회사와는 규모감이 맞지 않을 것 같은데요."

"숫자만 보면 그렇지만, 아마도 텐노지 양과 가장 가까운 비전이 있는 곳은 그 회사일 것 같아."

그렇게 말하면서도 나는 내가 왜 그렇게 생각했는지 잘 설명할 수 없음을 깨달았다.

하지만 텐노지 양은 진지하게 생각에 잠겼다.

"설명을 들어보겠어요."

그렇게 말하며 텐노지 양은 스마트폰을 들고 다시 통화를 시작했다. 그리고 통화를 시작한 지 몇 분이 지나서 텐노지 양이 환하게 웃었다. 목소리 톤으로 봐서, 이야기가 잘 풀리고 있음을 알 수 있었다.

잠시 기다리자 텐노지 양이 이쪽으로 돌아왔다.

"어땠어?"

"아주 잘 맞았어요!"

텐노지 양이 기쁜 듯 말했다.

"이츠키 씨 말이 맞았답니다. 이 회사는 내가 가진 비전의 다음까지 내다보고 있어요. 예산 등의 숫자만 놓고 보면 다른 회사가 더 적합할 수도 있지만, 나는 이 회사를 파트너로 정했어요. 같은 비전을 공유할 수 있는 파트너만큼 좋은 파트너는 없으니까요!"

텐노지 양도 솔직히 숫자만 보고 파트너를 선택하는 건 아니었나 보다.

자료만으로는 눈에 들어오는 것이 한정될 수밖에 없다. 그중에

(생활력 없음)
~영애들이 다니는 명문 학교에서 제일가는 **아가씨**를 남몰래 돕는 시중 담당이 되었습니다~ 6

서 정말 찾던 파트너를 만난 텐노지 양은 무척 기분이 좋아 보였다.

"그런데 이츠키 씨는 이걸 어떻게 예상한 거예요?"

그 질문을 듣고, 나는 생각했다.

생각했지만…… 역시 말로 잘 표현할 수 없었다.

"왠지 모르게, 자료를 보고 그렇게 느꼈다고 할까……. 그 회사가 텐노지 양과 가장 궁합이 잘 맞을 것 같았어."

즉, 단순한 직감이다.

이런 걸로 텐노지 양을 혼란스럽게 해서 미안하지만, 이번에는 결과를 감안해서 좋게 넘어가 주었으면 좋겠다.

그런 생각을 하고 있는데, 텐노지 양이 심각한 얼굴로 나를 쳐다보았다.

"이츠키 씨."

텐노지 양은 진지한 얼굴로 말한다.

"당신은 어쩌면…… 내가 생각했던 것보다 더 큰 인물이 될지도 모르겠어요."

◆

텐노지 양과 함께 휴식을 취한 날에서 며칠이 지났을 무렵.

코노하나 저택에서, 나는 토모나리 기프트의 상태를 확인하고 있었다.

"느낌이 좋은걸."

아사히 양에게 소개받은 마케팅 회사의 협력도 있고, 이대로라면 토모나리 기프트의 실적은 정체 상태에서 벗어날 수 있을 것 같았다. 고객 정보 분석을 통해 효율적인 경영을 실현하고 있다.

머릿속으로 회사 상황을 정리하고 있는데, 영상통화 어플에서 전화가 왔다는 알림이 떴다.

나는 마이크를 켜고 전화를 받았다.

"타쿠마 씨, 고생 많으십니다."

『수고했어. 메일을 봤어. 무사히 성장하고 있는 것 같은걸.』

"감사합니다."

나는 지금까지의 경과를 타쿠마 씨에게 메일로 전달했었다.

내 회사가 순항 중인 것은 타쿠마 씨 덕분이리라. 이 사람의 조언이 없었다면 나는 어딘가에서 좌절했을 것이다. 은혜를 느끼는 만큼, 나는 되도록 상세하게 회사 정보를 타쿠마 씨와 공유하고 있었다.

『이 실적을 보면 사업 확장에 나서도 괜찮겠는걸.』

화면 속에서 타쿠마 씨가 말했다.

『카탈로그 기프트는 신규 사업에 가깝지만, 다음에는 기존 사업을 확장해야 해. 이츠키 군은 그 점에서 어떻게 생각하지?』

"네. 사업용 메뉴를 추가하려고 합니다. 지금까지는 개인을 대상으로 한 서비스에 그쳤지만, 앞으로는 법인도 대상으로 하고 싶어요."

『그렇군. 좋아. 바탕은 개인 대상 서비스와 크게 다르지 않을 테니까 금방 구체화할 수 있겠지. 탄탄한 전략일 거야.』

"감사합니다."

신규 사업에 비해 화려하진 않지만, 그만큼 리스크도 작다. 탄탄한 전략이라는 평가에는 나도 동의했다.

『하지만 슬슬 벽에 부딪힐 것 같은걸.』

타쿠마 씨가 불안한 소리를 했다.

『진출하는 시장을 늘리는 선택에는 그만한 리스크가 따르는 법이야. 게다가 이츠키 군의 회사는 부쩍 급성장했으니까, 이쯤에서 한바탕 소동이 벌어져도 이상하지 않아.』

"그게 무슨……."

이 사람에게는 무엇이 보이는 걸까?

말을 막 던지는 건 아닐 테지만…….

『주식 공부는 잘하고 있어?』

"네. 일단 메일로 보내주신 내용은 공부했습니다."

『아직 기초적인 부분이군. 다음에 시험을 볼까? 만점이 아니면 벌로 밥을 굶는 거야.』

"뭔가 벌칙이 고전적이지 않나요?"

『네가 싫어하는 건 그런 것밖에 없잖아? 내 잡일을 시켜도 기꺼이 할 것 같고 말이지.』

그야 타쿠마 씨의 잡일이라면 이것저것 배울 수 있을 것 같으니까, 신나게 할 수 있을지도 모르겠다.

하지만 안타깝게도 나는 가난뱅이 시절의 경험으로 배고픔에 익숙하다. 아무리 타쿠마 씨라도 거기까지는 파악하지 못한 것 같다.

『주식 공부는 계속하는 게 좋아. 그게 대비책이 될 거야.』

그렇게 말하고, 타쿠마 씨는 다시 무언가 생각에 잠긴다.

『그래. 이츠키 군에게는 히나코가 있지……』

"히나코에게 무슨 일이라도 있나요?"

『그게, 음…… 아무것도 아니야. 너라면 괜찮겠지.』

뭔가 얼버무리는 것 같다.

『이번엔 이쯤에서 끝내자. 숙제는 계속해서 주식 공부야.』

"감사합니다."

영상통화를 종료했다.

(역시 좋은 자극을 받을 수 있구나.)

최근에 타쿠마 씨와 이야기하면 게임에 대한 의욕이 커진다.

자극받는 것이리라. 어느새 나는 타쿠마 씨를 진심으로 존경하게 된 것 같다. 그럴 수밖에 없다. 처음엔 어떤 사람인지도 잘 모르겠고, 히나코나 다른 사람을 대하는 태도도 어색하다고 여겼는데, 막상 뚜껑을 열어보니 그런 요소들이 흐릿해질 정도로 대단한 사람이었다.

그래도 내게는 타쿠마 씨가 넘어야 할 벽이라고 생각한다.

(일단 이 법인 대상 서비스가 얼마나 수익을 낼 수 있을지 마케팅 회사를 통해서 알아볼까?)

아사히 양의 소개를 믿고 맡겨서 다행이다. 다시 한번 시장 분석을 의뢰하기로 했다.

하지만 매니지먼트 게임 기간은 6주인데, 이제 곧 그 절반이 끝나려고 한다. 서두를 생각은 없지만, 일정에 신경을 써야 한다.

(분석 결과가 나올 때까지 조금 더 기다려야 하는 건가. 그렇다면 그동안 수업 내용의 예습과 복습을 해둬야겠다.)

일단 노트북을 끄고 마음을 전환한다.

최근에 키오우 학원의 수업 내용을 따라가지 못할 때가 많아져서, 오늘은 예습과 복습을 더 열심히 하기로 마음먹었다. 마침 잘됐다.

침착하게 꾸준히 노력하면 되는 것이다. 나는 텐노지 양에게 그것을 배웠다.

미리 정한 예습과 복습 할당량을 달성한 후, 나는 노트북을 켰다.

"자, 결과는 어떨까……?"

공부하는 동안 게임 내에서는 며칠이 지났다.

시장 분석 결과가 나왔기에 이를 슬쩍 확인해 본다.

"어……?"

결과를 확인한 나는 고개를 갸웃거렸다.

예상보다…… 수익 전망이 낮다.

어떻게 된 거지?

내 아이디어가 백발백중이라고 자만할 생각은 없지만, 이번에 법인 대상 서비스를 만들겠다는 전략은 그 타쿠마 씨도 동의해 준 것이다. 나라면 몰라도 타쿠마 씨가 이 정도의 판단을 잘못할 리는 없다.

즉…… 타쿠마 씨는 이 흐름을 예상하고 동의한 것이리라.

우선 시장 분석의 세부 내용을 확인한다.

거기에는 전망이 낮은 이유가 분명하게 적혀 있었다.

"경쟁사?"

일찌감치 다른 회사가 이미 시작한 서비스였다.

그 회사 이름을 보고 나는 깜짝 놀랐다.

"이 회사는……."

쉽게 풀리지 않을 문제에 직면했다.

경쟁사의 이름은…… SIS 주식회사.

스미노에 양의 회사다.

◆

다음 날. 수업이 끝나고 방과 후가 되어 교실 밖을 보니 한 사람이 나를 쳐다보고 있었다.

손짓이 느껴져 나는 그 여학생이 있는 곳으로 갔다.

"안녕하세요, 토모나리 씨."

스미노에 양은 부드럽게 미소를 지었다.

"잠시 이야기해도 될까요?"

"네. 저도 마침 스미노에 양에게 할 말이 있었어요."

그래서 오늘은 미리 히나코와 시즈네 씨에게 늦게 귀가한다고 알려주었다.

우리는 예전에 키타와 함께 공부 모임을 했던 카페로 가서 이야기하기로 했다.

의자에 앉은 후 서로 음료를 주문하고 한숨을 돌린다.

"보아하니 눈치챈 것 같네요."

내가 어떻게 이야기를 시작해야 할지 고민하던 때, 스미노에 양이 웃으며 말했다.

"우리 회사는 법인 대상의 통신판매 서비스를 운영하고 있어요. 주로 사무용품을 취급하고 있지만, 일부 서비스에선 선물용품을 판매하기도 하죠."

스미노에 양이 설명하자 카페 점원이 우리가 주문한 홍차를 가져왔다.

점원은 우리가 진지하게 이야기하는 것을 눈치챘는지 조용히 자리를 떠났다.

한 잔을 받은 스미노에 양은 눈을 감고 우아하게 홍차에 입을 댔다.

"현실의 SIS 주식회사는 그런 서비스를 운영하지 않죠? 즉, 그 쇼핑몰은 스미노에 양이 게임 내에서 만든 걸까요?"

"그래요. 게임 시작과 동시에 신규 사업으로 통신판매 부문을 개설했어요."

역시 그렇구나……

궁금해서 찾아봤는데, 현실의 SIS 주식회사에 통신판매 부문은 존재하지 않았다. 예상대로 통신판매 부문은 스미노에 양이 자기 의향으로 시작한 사업인 모양이다.

"그래서 깜짝 놀랐어요. 설마 저와 똑같은 사업을 하는 사람이 있을 줄은."

엄밀히 말하면 완전히 같은 건 아니다.

나는 개인 고객을 대상으로 선물용품 전문 쇼핑몰을 운영하고 있어서, 어떻게 보면 틈새시장을 잘 파고들었다고 평가받고 있다. 한편으로 스미노에 양의 사업은 법인 대상이며, 선물용품을 전문으로 취급하는 건 아니다. 스미노에 양이 주로 취급하는 것은 문구류와 화이트보드, 파일첩 같은 사무용품과 책상, 의자 등 사무용 가구다.

하지만 그중에는 관혼상제 물품이나 행사용품도 포함된다.

이것이 내가 하려는 사업과 겹쳤다. 스미노에 양의 쇼핑몰은 애초에 문구류를 취급하니까, 예를 들어 기념으로 만년필을 선물하고 싶다는 수요가 있더라도 기존 서비스로 충분히 소화할 수 있다.

스미노에 양의 쇼핑몰은 선물용품 전문이 아니지만, 결과적으로 선물용품 수요도 충족시키고 있다. 그래서 경합이 벌어진 것이다.

──하지만 슬슬 벽에 부딪힐 것 같은걸.

나는 어제 타쿠마 씨가 한 말의 의미를 이해했다.

그 벽의 정체는 경쟁사…… 라이벌이다.

나는 토모나리 기프트라는 회사를 더 크게 키우려면 법인을 대상으로 하는 서비스에 손을 대는 것이 거의 필수라고 생각한다. 어른스럽고 스마트한 분위기를 중요시하는 토모나리 기프트의 세계관과 법인 대상 서비스라는 것은 매우 잘 어울린다.

회사를 더 크게 키우려면 피할 수 없는 벽이다.

어떻게 하지……?

강행 돌파할 것인가, 아니면 모종의 협정을 맺을 것인가.

애초에 스미노에 양은 어떻게 하고 싶은 걸까?

"스미노에 양은 어째서 통신판매 부문을 만들었나요?"

"물론 텐노지 님을 위해서죠."

나는 상대의 반응을 보려고 무난한 질문을 던졌지만, 돌아온 대답은 논리적인 대답이 아닌 개인적인 감정이었다.

"저는 텐노지 님의 회사를 지원하고자 이 서비스를 만들었어요. 텐노지 그룹은 M&A와 기업 구조조정이 활발해서 사무용품이 만성적으로 부족하니까…… 제가 사랑의 힘으로 해결해 주고 싶었죠."

스미노에 양은 황홀한 얼굴로 말했다.

동기야 어떻든, 수요를 간파한 것은 분명하다.

법인 대상의 통신판매 서비스도 시작하려고 했을 때, 나는 마케팅 회사뿐만 아니라 나 자신도 그 시장을 조사했다. 사무용품 시장은 나도 은근히 눈여겨보고 있었다. 이 시장을 잘 활용하면 개인 대상 서비스에서는 얻을 수 없었던 새로운 고객을 끌어들일 수 있다.

"토모나리 씨, 제안이 있어요."

스미노에 양은 나를 똑바로 보고 말했다.

"당신의 회사를 제게 주시겠어요?"

나는 그 말이 나올 것을 예상했다.

매수 제안이다. 스미노에 양은 내 회사를 사고 싶다고 했다.

"제가 하는 서비스와 토모나리 씨가 하는 서비스는 아주 가까운 시장을 타깃으로 하고 있어요. 만약 여기서 사업 확장을 도모한다면 서로 고객을 빼앗는 관계가 되겠죠. 어느 쪽에도 좋지 않은 전개예요."

가뜩이나 틈새시장이다. 고객 쟁탈전을 벌였다간 공멸할 가능성이 있다.

그러니까 매수를 제안하겠다는 스미노에 양의 설명은 이해할 수 있다.

하지만…… 내게는 이해할 수 없는 점이 하나 있었다.

"매수 제안에 대답하기 전에 한 가지 물어봐도 될까요?"

스미노에 양은 살짝 눈을 동그랗게 뜨고 고개를 끄덕였다.

"스미노에 양의 회사와 경쟁 관계인 것을 알게 된 이후로 줄곧 의문이었는데요……. 왜 저에게 통신판매 부문 이야기를 안 했나요?"

내가 스미노에 양과 이야기하고 싶었던 것은 이 답을 알고 싶었기 때문이다.

예를 들어, 키타도 포함해서 셋이서 한 공부 모임…… 그 타이밍에 말하려고 마음만 먹었다면 말할 수 있었을 것이다. 사업 이야기도 나왔으니까 일부러 말을 아낀 것은 틀림없다.

스미노에 양은 왜 통신판매 부문에 관해서 쉬쉬한 걸까.

내게는 예상되는 바가 있다.

"혹시…… 제가 회사를 성장시킬 때까지 기다리신 건가요?"

그런 나의 질문에 스미노에 양은 홍차를 마시고 나서 대답했다.

"그래요. 제가 언젠가 해보려고 생각하던 일을 토모나리 씨가

(생활력 없음)
~영애들이 다니는 명문 학교에서 제일가는 **아가씨**를 남몰래 돕는 시종 담당이 되었습니다~ 6

해줬기 때문에 잠시 지켜보기로 했어요. 당신이 실패하면 저는 리스크를 피할 수 있고, 당신이 성공하면 그때 가서 매수할 작정이었죠."

그리고 지금 스미노에 양은 계획대로 내게 매수를 제안하고 있다.

그러니까 스미노에 양은 나를 이용해 실험한 것이다. 선물용품 전문 쇼핑몰 사이트가 비즈니스로서 성립하는지, 어느 정도 규모로 성장할 수 있는지…… 잘될 것 같으면 내 서비스를 통째로 인수하면 된다.

이 방식은 전혀 나쁘지 않다. 신규 사업을 개척하려고 M&A에 나서는 것은 SIS 주식회사와 같이 자산에 여유가 있는 회사에서는 오히려 정공법이라고 할 수 있다.

"좋은 서비스를 만들어 주셔서 감사합니다. 앞으로는…… 우리 회사에 맡겨 주세요."

스미노에 양은 내 눈을 바라보며 말했다.

매우 믿음직스럽고 자신감 넘치는 미소를 짓고 있다. 이 사람을 따라가는 것이 맞다고 마음속 어딘가에서 내가 중얼거렸다. 나는 가끔 키오우 학원의 여러 사람에게 그런 느낌을 받는다. 히나코와 텐노지 양, 나리카에게도 비슷한 것을 느낀 적이 있었다. 사람들 위에 서는 자의 그릇이라고 할까, 사람들을 이끌 자질이라고 할까, 그런 것이 드러나는 것 같다.

스미노에 양도 그렇다.

"거절하겠습니다."

그렇게 대답하자 스미노에 양은 눈을 크게 뜨고 놀랐다.

"토모나리 씨는 잘 모를 수도 있는데, 벤처기업이 대기업에 매수되는 것은 하나의 성공 패턴이에요. M&A 제안을 받는다는 것은 그만큼 회사의 가치를 인정받고 있다는 뜻이니까요. 매수라는 말을 부정적으로 받아들일 필요는 없는데요?"

"그건 저도 압니다."

이래 보여도 공부하고 있다. 나도 그 정도는 안다.

나는 내 회사가 내 것이 아니게 되는 것이 싫어서 거절하는 것이 아니다.

"거절하는 이유는, 우리의 방향성이 다르기 때문입니다."

나는 차근차근 설명했다.

"토모나리 기프트는 선물용품 전문 쇼핑몰입니다. 그 철학 중 하나로, 번거로움을 없애는 것이 있죠. 선물을 주고 싶어질 때는 이 사이트를 이용하면 된다. 그렇듯 간편한 사용성을 유지하고 싶어요."

이 설명을 듣고 스미노에 양은 작게 고개를 끄덕였다.

"서비스 개악을 우려하는 거군요. 하지만 제가 토모나리 기프트를 매수한 뒤에도 그 형태는 거의 그대로 유지하면서 운영할 생각입니다. 매출 시너지를 노리기 위해 입구를 제 서비스로만 만들면 되는 것으로……."

"그래선 안 된다는 겁니다."

나는 고개를 가로저었다.

"사무용품을 취급하는 서비스 안에 선물용품 전문 서비스가

있다. 이 구조부터 복잡한 겁니다."

토모나리 기프트의 쇼핑몰 사이트는 성인층을 타깃으로 하며, 카탈로그 기프트 시장의 고객들을 끌어들이면서 고연령층 등록자들도 늘어나고 있다. 이는 마케팅 업체의 분석을 통해 밝혀진 사실이다.

가뜩이나 정보가 넘쳐나는 인터넷 사회에서 번거롭지 않다는 것은 그 자체로 하나의 매력이 될 수 있다. 나는 그 개성을 없애고 싶지 않았다.

"게다가 우리 서비스는 이미지가 전혀 달라요. 토모나리 기프트의 쇼핑몰은 스마트한 이미지를 중요시하지만…… 스미노에 양의 쇼핑몰은 그렇지 않죠?"

처음 타쿠마 씨에게 배웠던 세계관의 중요성에 대해 떠올려본다.

어른의 교류, 작은 배려, 세심함…… 그런 스마트함을 내세우는 나의 서비스와 포괄성만을 중시하는 스미노에 양의 서비스는 세계관이 너무 다르다.

스미노에 양은 선물용품 전문 쇼핑몰을 만들 생각이 없다. 단지 자사 사이트의 일부인 선물 분야를 강화하려고 내 서비스를 원할 뿐이다. 하지만 세계관이 통일되지 않으면 하나하나의 세계관이 흐릿해진다.

나도 이제는 알겠다. 세계관은 브랜드다.

사람들이 회사에서 느끼는 이미지 그 자체다. 그것은 단순하고, 순수하고, 강력해야 한다.

"저는 지금의 브랜드를 무너뜨리고 싶지 않습니다. 그러니 매수 제안은 받아들일 수 없어요."

"그렇군요."

스미노에 양이 작게 한숨을 쉬었다. 한숨으로 들리기도 하고, 마음을 가라앉히기 위한 심호흡으로 보이기도 했다.

"알겠습니다. 정 그렇게 말씀하신다면 이쯤에서 물러설게요."

그렇게 말하고 스미노에 양은 자리에서 일어섰다.

"그러면…… 후회하지 않기를 바랄게요."

스미노에 양은 마지막으로 불길한 말을 남기고 자리를 떠났다.

◆

집에 돌아온 나는 방에서 노트북 화면을 쳐다보고 있었다.

(매수를 거절했으니…… 가시밭길로 접어든 것은 틀림없어.)

손을 잡자는 제안을 거절했으니 나와 스미노에 양의 경쟁 관계는 계속될 것이다.

아직 벽을 넘지 못했다. 오히려 지금부터가 시작이다.

SIS 주식회사는 토모나리 기프트와는 비교할 수 없을 정도로 규모가 큰 회사다. 저쪽이 본격적으로 통신판매 부문에 뛰어들면 지금의 나로서는 속수무책이다.

뭔가 대책을 강구해야 하는데…….

골머리를 앓고 있을 때, 스마트폰에서 전화 알림이 떴다.

"어라, 텐노지 양?"

이런 시간에 무슨 일이지?

혹시 예전처럼 내가 정신적으로 지친 게 아닐지 걱정하는 걸지도 모르겠다. 나는 그렇게 생각하며 전화를 받았다.

"텐노지 양, 무슨 일로……."

『토모나리 씨! 매니지먼트 게임 뉴스는 보셨나요?!』

텐노지 양의 초조한 목소리가 들렸다.

"아뇨, 아직 안 봤는데요……."

『빨리 보셔요!』

스미노에 양 대책에 몰두하느라 뉴스를 보지 못했다.

말대로 게임 내 뉴스를 확인한다.

매니지먼트 게임에서는 정기적으로 최근 M&A 현황, 시가총액 순위 등이 뉴스 형태로 공개된다.

그 뉴스 중…… 눈길을 끄는 문장이 있었다.

——SIS 주식회사가 테크캐피털 주식회사를 매수했습니다.

"뭐……?"

테크캐피털 주식회사는 내가 스미노에 양에게 소개받은 VC였고, 토모나리 기프트 주식회사는 거기서 투자받고 있었다. 당연히 그 대가로 토모나리 기프트는 테크캐피털에 주식을 넘겼다.

즉, 테크캐피털이 매수되었다는 것은…….

"주식을, 빼앗겼어."

4장 매니지먼트 게임

다음 날 아침.

키오우 학원으로 가는 차 안에서, 나는 멍하니 바깥 경치를 보고 있었다.

"이츠키 씨, 괜찮으세요?"

"네……."

시즈네 씨가 걱정하지만, 지금의 나는 억지로 기운을 낼 수조차 없었다.

내 회사의 주식이 스미노에 양에게 팔렸다는 사실은 히나코와 시즈네 씨도 알고 있었다. 게임 뉴스에서 대대적으로 공개되었기 때문에 나리카, 타이쇼, 아사히 양도 알고 있었다. 모두가 그 뒤로 전화나 메시지로 걱정해 주었다.

"……이츠키?"

옆에 있는 히나코도 걱정스러운 눈빛으로 나를 바라보았다.

게임에 너무 몰두하느라 모두에게 걱정을 끼쳤던 때가 생각난다. 나는 두 뺨을 두드리며 기분을 바꾸려고 애썼다.

"괜찮아. 하룻밤 자고 나니 괜찮아졌어."

"……응."

낙담한다고 해서 상황은 달라지지 않는다.

어떻게든 긍정적인 마음을 되찾은 나는 평소처럼 히나코보다 먼저 차에서 내렸다.

"히나코. 나중에 학교에서 보자."

"응. 기다려."

키오우 학원으로 향하면서 앞으로의 작전을 생각한다.

하지만 교문을 지나 학교 건물에 다다랐을 때…….

"어머, 토모나리 씨. 안녕하세요."

지금 가장 만나고 싶지 않은 소녀와 마주쳤다.

"스미노에 양……."

"뭔가 하고 싶은 말이 있는 것 같네요."

그럴 만도 하다.

주위를 둘러보니 동급생들이 슬쩍슬쩍 우리를 주목하고 있었다. 게임 속 뉴스를 통해 나와 스미노에 양의 관계를 눈치챈 사람이 많았나 보다.

본능대로 말하다가는 보기 흉한 언동을 보일 것 같아서, 나는 자제력을 발휘해 침착하게 입을 열었다.

"퍽이나 과격하게 나오셨네요."

"말했잖아요. 후회하지 말라고요."

스미노에 양은 전혀 후회하는 기색이 없는 태도로 말했다.

일반적인 기업 매수는 해당 기업의 주식을 취득해 경영권을 획득하는 것을 말한다. 주식을 취득하는 방법은 여러 가지가 있는데, 주주와 협상을 통해 양도받는 경우도 있고, 공개매수……

TOB(Take over bid)로 불특정 다수의 주주로부터 일괄적으로 주식을 사들이는 경우도 있다.

하지만 이번에 스미노에 양이 한 방식은 일반적인 방법이라고 보기 어렵다.

스미노에 양이 인수한 테크캐피털 주식회사는 벤처캐피털……다시 말해 벤처기업을 대상으로 하는 전문 투자회사다. 자금 조달에 어려움을 겪는 벤처기업에 자금을 지원하는 대가로 주식을 받고, 벤처기업이 예상대로 성장하면 그 주식으로 수익을 보는 회사다.

토모나리 기프트는 이 테크캐피털로부터 투자를 받았고, 그 대가로 테크캐피털은 토모나리 기프트의 주식을 보유하고 있다.

즉, 스미노에 양이 테크캐피털을 인수했다는 것은 테크캐피털이 보유한 토모나리 기프트의 주식을 지배하에 둔 것이기 때문에…… 스미노에 양의 회사는 토모나리 기프트를 실질적으로 지배할 수 있는 상태가 된 것이다.

이것은…… 간접 매수다.

말을 듣지 않겠다면 그 사람의 상사를 포섭해서 간접적으로 지배하겠다는 발상이다.

법적으로 문제가 있는 것은 아니다. 하지만 이렇게 강압적이고 돈을 앞세운 방식은 솔직히 말해서 마음에 들지 않았다.

"매수에는 응하지 않겠다고 말했을 텐데……."

"말을 들었다고 해서 순순히 물러설 만큼 비즈니스 세계는 만만하지 않아요."

그런 말을 들으면 입을 다물 수밖에 없었다.

테크캐피털이 보유한 토모나리 기프트의 주식은 전체 주식의 40% 미만.

과반수 주식을 빼앗기면 무조건 자회사로 편입되기 때문에 지금은 겨우 버티는 상황이다. 아니, 더 버틸 수 없을지도 모른다. 자회사화는 아니더라도 상당히 많은 의결권을 빼앗긴 상태라 토모나리 기프트의 경영 자유도는 크게 떨어졌다.

"오해하지 않았으면 좋겠는데요, 저는 딱히 당신 회사만 노린 게 아니에요."

스미노에 양은 여유로운 미소를 지으며 말했다.

"어차피 저는 테크캐피털이 투자한 여러 회사를 한꺼번에 지배하고 싶었어요. 우리 회사를 IT 업계에서 가장 큰 회사로 만들기 위해서요."

테크캐피털은 토모나리 기프트보다 훨씬 더 많은 자산을 가진 회사다. 토모나리 기프트를 간접적으로 지배하기 위해서만 펀드를 인수하는 것은 너무 무리수이므로, 다른 목적이 있을 것은 예상할 수 있었다.

하지만 그 목적의 내용까지는 예상하지 못했다.

"우후후…… 의외였나요? 제게 야망이 있다는 것이."

"그러네요. 그것도 텐노지 양을 위한 건가요?"

"물론이죠."

스미노에 양은 자신의 야망을 설명하기 시작했다.

"저는 장차 텐노지 님의 오른팔이 되고 싶어요. 머지않아 이 나라…… 아니, 전 세계에 이름을 떨칠 그분을 모시고, 공과 사를 모두 지원하고 싶어요. 매니지먼트 게임에서는 이를 위한 예행연습에 전념할 거예요."

스미노에 양은 텐노지 양에 대한 감정이 폭주하는 경향이 있지만, 그 말만 들어보면 매우 성실한 노력파처럼 느껴졌다.

회사를 키우는 노하우는 장차 텐노지 양에게도 보탬이 될 것이다. 그래서 스미노에 양은 SIS를 키우려고 하는 것일지도 모른다.

"뭐, 당신을 끌어내리고 싶은 마음도 당연히 있었지만요."

──그런 거냐.

진지하게 들어서 손해만 봤다.

"훼방꾼 제거도 예행연습이에요. 저는 텐노지 님을 농락한 당신을 용서하지 않겠습니다."

"누가 누구를 농락했다고요?"

싫어한다는 말은 들었지만, 농락했다는 말은 처음 들었다.

스미노에 양이 생각하는 나는 대체 어떤 사람인 걸까?

"예전의 텐노지 님은 더 금욕적인 분이셨어요. 우아한 행동 뒤에는 숨길 수 없는 노력이 있었고, 숙적인 코노하나 양을 이기기 위해 항상 자신을 채찍질했죠."

스미노에 양은 지금까지의 텐노지 양에 대해 이야기했다.

"하지만 텐노지 님은 변해 버렸어요……. 당신 때문에."

스미노에 양이 나를 노려본다.

"당신을 만나고 나서부터 텐노지 님은 느슨해졌어요. 구체적으로 말하자면, 6월 실기시험 전후로요! 그 무렵부터 텐노지 님에 겐 변화의 조짐이 있었습니다……!"

스미노에 양이 분노를 못 참고 주먹을 불끈 쥐며 말했다.

너무 구체적이어서 무섭다.

바로 텐노지 양의 혼담이 해결된 시기다. 확실히 텐노지 양이 변한 것은 그 타이밍이었는데, 그렇게 명확하게 알 수 있을까?

"게다가 그 시기를 기점으로 당신과 텐노지 님의 거리감이 가까워졌어요……! 방과 후 티파티에서도 눈이 마주치는 횟수가 2.7배로 늘어났고, 옆에서 함께 걸을 때도 거리가 4센티미터나 가까워졌어요! 제 눈은 속일 수 없어요!!!"

무서워, 무서워, 무서워——.

진지한 분위기가 싹 날아갔다. 아니, 본인은 진지하게 생각하는 것 같지만…….

"티파티도 지켜보고 있나요……?"

"지켜보고 있어요! 피눈물을 흘리면서요!!!"

"그냥 참가해도 되는데요?"

"못 해요! 공부나 게임 이야기는 그렇다 치더라도 사적인 이야 기를 하다니, 긴장해서 죽을 거예요!"

공과 사를 모두 응원하고 싶었던 거 아니었나?

"예전의 텐노지 양이라면 코노하나 양과 동맹을 맺는 일은 있을 수 없었어요. 그런 친목놀이에 물드는 일은 절대로 있을 수 없었다고요."

스미노에 양의 말이 맞을지도 모른다.

히나코는 자신이 스미노에 양에게 미움받고 있을지도 모른다고 했다. 그 이유가 이거겠지. 스미노에 양은 텐노지 양에게 애착이 있어서 텐노지 양의 라이벌인 히나코를 내심 적으로 여겼을지도 모른다.

"그래서 나는 텐노지 님께서 정신을 차리게끔, 당신을 끌어내리는 거예요. 당신이 대수롭지 않은 사람이라는 것이 밝혀지면 텐노지 님도 정신을 차리시겠죠. 이것도 텐노지 님의 오른팔이 될 제 사명이에요."

스미노에 양의 목적을 알게 된 나는 텐노지 양이 말했던 것을 떠올렸다.

——다만…… 그분은 이전의 나를 존경했으니까, 지금의 나를 복잡하게 여길지도 모르겠어요.

나도, 텐노지 양 자신도, 그 변화를 좋은 것으로 여겼다.

그러나 여기에 한 명…… 그 변화를 싫어하는 사람이 있었던 것 같다.

"당신은 텐노지 님의 옆에 있을 자격이 없어요. 일찌감치 게임에서 퇴장해 주세요."

그렇게 말하고 스미노에 양은 발걸음을 돌렸다.

◆

결국 스미노에 양 대책을 떠올리지 못한 채 방과 후가 되었다.

저택에 돌아간 후에도 나는 방에서 혼자 골똘히 생각했다.

이대로는 안 된다. 시급히 대책을 세워야 한다. 그런 조바심에 떠밀려 나는 스미노에 양의 간접적인 지배에서 벗어날 수 있는 방법을 찾아보고, 내가 실현할 수 있는 것들을 나열해 나갔다.

똑똑, 하고 방문을 두드리는 소리가 들렸다.

내가 "네."라고 대답하자 히나코가 들어왔다.

"수고했어. ⋯⋯홍차, 가져왔어."

"고마워."

잔을 받아 천천히 마신다.

깔끔한 단맛이 머릿속 깊은 곳에 응어리진 긴장을 풀어주는 것 같았다.

"전보다 더 맛있어졌네."

"저, 정말⋯⋯?!"

솔직한 소감을 말하자 히나코가 깜짝 놀랐다.

"노력한 보람이, 있어⋯⋯."

행복하게 웃는 히나코를 보니까 나도 왠지 모르게 기분이 좋아졌다.

히나코의 능력은 역시 대단하단 말이지.

히나코는 마음만 먹으면 대부분의 일을 뚝딱 처리할 수 있다. 문제는 그 의지가 좀처럼 생기지 않는 건데, 요즘은 저택에 돌아오고 나서도 기운이 넘쳐 보인다.

히나코는 성장하고 있다. 나도 질 수 없는걸.

"맛있는 홍차도 받았으니 다시 한번 힘내 볼까?"

구부정했던 몸을 곧게 펴고 의욕을 불태운다.

다시 노트북을 보자 히나코가 다가와 함께 화면을 바라보았다.

"스미노에 양의 일…… 아직도 고민하고 있어?"

"그래. 솔직히 머리를 쥐어뜯고 싶어져."

사실 히나코가 방에 올 때까지 끙끙대고 있었다.

"응…… 그러면, 나한테 맡겨."

갑자기 히나코가 그런 말을 했다.

나는 화면에서 히나코에게 시선을 옮겼다.

"스미노에 양의 일…… 좋은 해결책이 있어."

"해결책?"

"음. 이츠키는 내가 지켜줄게."

히나코는…… 부드럽게 미소를 지으며 말했다.

"제3자 배정 유상증자로 내 회사에 주식을 줘. 그러면 내가 이츠키의 회사를 자회사로 만들고, 스미노에 양으로부터 보호해 줄게."

타쿠마 씨에게 주식 공부를 하라는 말을 들어서, 나는 히나코가 무슨 말을 하는지 이해할 수 있었다.

제3자 배정 증자란, 말 그대로 특정 제3자에게 신주(새 주식)를 배정하는 대가로 자금을 얻는, 자금 조달의 일종이다.

신뢰하는 상대에게 주식을 넘길 수 있다는 장점이 있지만, 신주를 대량으로 발행하기 때문에 기존 주주의 지분율이 낮아진다는 단점이 있다. 지금까지 경영에 관여할 수 있었던 주주들이 지분율 하락으로 인해 경영에 관여할 수 없게 될 가능성이 있어서, 그들의 권리를 보호할 수 있도록 배려해야 한다.

(생활력 없음)
~영애들이 다니는 명문 학교에서 제일가는 **아가씨**를 남몰래 돕는 시중 담당이 되었습니다~ 6

하지만 뒤집어 말하면 기존 주주의 지배력에서 벗어날 수 있다는 의미이기도 하다.

현재 토모나리 기프트의 최대주주는 SIS 주식회사……. 즉, 스미노에 양이다.

여기서 내가 제3자 배정 유상증자를 통해 신주를 대량으로 히나코에게 넘기면 최대주주가 스미노에 양에서 히나코로 바뀌고, 토모나리 기프트는 코노하나 그룹에 보호받는 관계가 된다. 그렇게 되면 스미노에 양의 지배에서 벗어날 수 있다. 그 대신 코노하나 그룹의 산하에 들어가야 하지만, 히나코는 내가 뭘 하고 싶은지 아니까 속박당하진 않을 것이다.

이러한 매수 방어 전략을 가리키는 말이 있다.

"백기사(White knight)라고 하던가?"

"맞아."

히나코는 만족스러운 기색으로 고개를 끄덕였다.

적대적 M&A에 시달리던 중, 우호적인 매수자가 나타나 도와준다. 구원을 원하는 회사로서는 결코 거창하다고 할 수 없는, 정곡을 꿰는 이름이다.

"내가, 백마 탄 기사님이 될게."

히나코는 자랑스럽게 가슴을 폈다.

하지만 나는…… 선뜻 고개를 끄덕일 수 없었다.

히나코의 제안을 듣고, 나는 '그 방법이 있었나!' 라고 속으로 놀랐다.

하지만 동시에…….

(그래도 되는 걸까……?)

뭔가 이상한 느낌이 든다.

나는 이 손을 잡으면 안 될 것 같았다.

회사를 생각한다면 여기서 히나코에게 도움받는 것이 낫다. 스미노에 양도 말했지만, 원래 벤처기업이 M&A를 제안받는 것은 영광스러운 일이다. 스미노에 양과는 방향성이 맞지 않아서 제안을 거절했지만, 히나코는 토모나리 기프트라는 회사와 그 경영자인 나를 잘 아는 우호적인 매수자다.

내가 손수 키운 회사가 천하의 코노하나 그룹에 러브콜을 받는 것이다. 이보다 더 영광스러운 일은 없다. 없을 것이다.

그런데도 마음에 걸리는 이유는…….

(그래…….)

그렇다.

그랬다.

얼마 전 텐노지 양과도 말하지 않았나.

나는…… 히나코 옆에 나란히 서고 싶다.

히나코, 텐노지 양, 나리카, 아사히 양, 타이쇼, 키타, 그리고…… 스미노에 양.

그들과 진정한 의미에서 대등해지기 위해서, 나는 지금도 노력하는 것이 아니던가. 내가 코노하나 그룹의 임원을 목표로 하는 것도, 학생회를 목표로 하는 것도, 매니지먼트 게임을 열심히 하는 것도 모두 그것을 위해서가 아닌가.

이러면 안 된다.

(생활력 없음)
~영애들이 다니는 명문 학교에서 제일가는 **아가씨**를 남몰래 돕는 시중 담당이 되었습니다~ 6

여기서 히나코의 손을 잡으면 안 된다.

대등한 위치를 목표로 하고 있는데…… 이렇게 일방적으로 보호받을 수는 없다.

"미안해, 히나코."

나는 머리를 숙이고 말했다.

"그 제안은 받아들이고 싶지 않아."

"……어?"

전혀 예상하지 못한 대답이었는지, 히나코는 작게 목소리를 흘렸다.

"어, 어째서……?"

"온정에 기댈 수는 없어."

애초에 히나코의 회사는 내 회사를 매수할 필요가 전혀 없다. 그렇다고 내 회사를 투자 대상으로 보는 것도 아니다. 히나코는 그저 순수하게 내가 곤경에 처했으니까 도와주려는 거다.

즉, 이것은 비즈니스가 아니라…… 단순한 온정일 뿐이다.

그렇기에 받아들일 수 없다.

"나는, 히나코와 대등해지고 싶어."

히나코에게 보호받는 나는 히나코와 대등해질 수 없다.

키오우 학원에는 히나코를 흠모하는 학생이 많다. 그들은 항상 히나코를 먼발치에서 바라보며 넋을 놓거나 입에 침이 마르도록 칭찬을 늘어놓곤 했다.

하지만 나는, 무례한 표현일지 모르지만, 그런 사람들과 똑같아지고 싶지 않다.

멀리서 바라보고 싶은 게 아니다. 하인이 되고 싶은 것도 아니다.

나는 히나코의 곁에 어울리는 사람이 되고 싶다.

"그러니까 믿어 주겠어? 이번 일은 어떻게든 내 힘으로 해결할게. 여기서 의지했다간, 난 평생 히나코 옆에 설 수 없을 것 같아."

나는 속마음을 털어놓았다.

히나코는 잠시 침묵하다가…….

"……알았어."

고개를 숙인 채 방을 나가버렸다.

머리카락 사이로 보이는 귀가 새빨갛게 물들어 있다.

화나게 한 걸까?

히나코가 나를 무시하지 않는다는 건 알고 있다.

히나코는 순수하게 친절을 베풀어 준 것이다. 그것을 무시했으니 기분이 나빠지는 것은 당연하다.

하지만…… 이것은 나도 양보할 수 없는 일이다.

이제부터는 행동으로 보여주자.

"자, 해보자!"

나는 자신을 독려하고, 노트북 앞에 앉았다.

◇

이츠키의 방을 나온 히나코는 고개를 숙인 채 복도를 걸었다.

빨간 카펫을 멍하니 바라보며 걷던 히나코는 벽에 머리를 쿵 하

(생활력 없음)

고 부딪혔다.

"아으."

"아가씨……?"

우연히 근처를 청소하던 시즈네가 히나코의 존재를 알아차렸다.

하지만 히나코는 황급히 방향을 틀어 다시 바닥을 보고 걷기 시작하는데…….

"아으."

"아, 아가씨? 저기, 괜찮으세요? 방은 이쪽인데요……."

"으으……."

이상해진 히나코에게 시즈네가 의아해한다.

히나코는 벽에 부딪힌 머리를 손으로 문지르며 시즈네를 따라서 방으로 갔다.

방에 들어가고, 히나코는 곧장 침대로 향한다.

이불에 몸을 파묻고 움직이지 않는 히나코에게, 시즈네는 걱정스러운 표정을 지었다.

"몸이 불편하시다면 의사를 부르겠는데요……."

"괜찮아…… 한동안, 혼자 있을래……."

이건 결코 몸이 아파서 그런 게 아니다.

시즈네는 일단 시키는 대로 하는 것이 좋겠다고 생각했는지, 문이 닫히는 소리가 들렸다.

혼자 남겨진 히나코는 베개에 얼굴을 묻고 두 발을 위아래로 바동거렸다.

(으~~~~!!)

얼굴이 뜨겁다. 분화할 것 같다.

자신은 지금 몹시 이상한 표정을 지었으리라. 이런 얼굴을 다른 사람에게 보여줄 수 없어서 쭉 고개를 숙이고 있었다.

몸속 깊숙한 곳에서 솟구치는 감정에 자꾸 휘둘리고 있다.

머릿속에서 아까 이츠키와의 대화가 떠올랐다.

──나는, 히나코와 대등해지고 싶어.

이츠키의 말이, 목소리가, 표정이 히나코의 머릿속에서 되살아난다.

"머……멋, 져~~~~……!!"

주체할 수 없는 감정을 조금이라도 발산하려는 것처럼, 두 다리를 위아래로 흔든다.

베개에 얼굴을 대고 자꾸 문지르지만, 마음은 좀처럼 차분해질 기미가 없다.

(그렇구나……. 이츠키는 더 가까이, 내게 다가오려는 거야…….)

착각이 아니다. 왜냐하면 이츠키가 자기 입으로 그렇게 말했기 때문이다.

이츠키의 진지한 마음이 제대로 전해졌다.

"~~~~!"

입에서 말로 표현할 수 없는 목소리가 흘러나온다.

히나코는 베개를 꼭 껴안고 침대 위를 뒹굴뒹굴 굴렀다.

(기뻐…… 기뻐, 기뻐, 기뻐……!)

왠지 모르게 소리라도 지르고 싶은 기분이었다.

따뜻한 감정이 가슴속에서 넘쳐흐르고, 출구를 찾아서 온몸을 빙빙 돌고 있다.

(그치만…… 으으~~~~! 나도 이츠키를 위해서, 애쓰고 싶었는데……!)

기쁨과는 조금 다른, 복잡한 감정이 밀려온다.

솔직히 그 제안을 거절당할 줄은 몰랐다.

이츠키를 깔보는 건 아니지만, 이번 일은 솔직히 말해서 이츠키가 압도적으로 열세다. SIS는 토모나리 기프트보다 수십 배나 큰 회사다. 거기에 정면충돌해서 살 수 있는 길은 쉽사리 찾을 수 없다.

그래서 가장 좋은 방법을 제안한 것이다.

이츠키가 기뻐할 줄 알고 생각한 작전이었다.

(이츠키가 와도 괜찮게, 임원 자리도 비워뒀는데……!!)

잘만 하면 이츠키와 함께 게임을 즐길 수 있을 것으로 기대했다.

학교든 저택이든, 둘이서 찰싹 붙어서 매니지먼트 게임에 몰두하는…… 그런 광경을 상상하며 히나코는 내심 들뜬 마음으로 아까 그 방안을 제시한 것이다.

그래도…… 이츠키의 '대등해지고 싶다'는 말은 반가웠고, 그렇게 말했을 때의 이츠키는 정말 멋졌다.

(……멋졌어.)

가슴이 벅찼다.

그렇다면 이것으로 괜찮을지도 모르겠다.

예상대로 되지는 않았지만, 예상보다 더 행복한 기분이 들었다.

마음에 걸리는 것이 있다면, 결국 이츠키가 앞으로 어떻게 할지 모른다는 점이다. 이츠키는 자신이 알아서 해결하겠다고 했지만, 일이 그렇게 잘 풀리지는 않으리라.

(차라리, 내가 뒤에서 손을 쓴다거나······.)

본인에게 들키지 않게끔, 몰래 이츠키를 지원하는 건 어떨지 생각해 본다.

하지만······ 믿어 달라는 말을 들은 마당에 뒤에서 손을 쓰는 건 엄두가 나지 않는다.

"으~~~~."

이츠키가 그렇게 말해 줘서 기쁘다.

하지만······ 이대로 괜찮은 걸까? 그런 의문이 머릿속에서 소용돌이치고 있었다.

그때, 문을 두드리는 소리가 났다.

"아가씨, 정말 괜찮으세요?"

"······괜찮아. 들어와도, 돼."

시즈네의 목소리가 들려서 입실을 허락했다.

방에 들어온 시즈네는 히나코에게 다가가 이마에 손바닥을 얹었다.

"문제없는 것 같네요."

열이 나지 않는 것을 확인하고, 시즈네는 안도한다.

"괜찮았지?"

"하지만 얼굴이 새빨간데요?"

(생활력 없음)

"그, 그건…… 관계없어."

부끄러워진 히나코는 얼굴을 돌렸다.

"이츠키 씨가 홍차를 맛있게 드셨나요?"

"음, 전보다 더 맛있어졌다고 했어. 에헤헤."

그것 또한 기쁜 일이었다.

히나코가 한 말을 듣고 시즈네도 마치 자기 일처럼 기쁜 표정을 지었다.

"노력이 성과를 거둔 것 같네요."

"시즈네가 친절하게 가르쳐 준 덕분이야. 고마워."

언제나 바쁠 텐데도 시즈네는 끝까지 친절하게 홍차 만드는 법을 가르쳐 주었다.

시즈네의 얼굴을 똑바로 바라보며 히나코는 고마움을 표했다.

그러자 시즈네는 이마에 손을 얹고 허공을 쳐다보며…….

"살아있기를 잘했어."

찡, 하고 진심으로 감동했다.

그렇게 거창하게 고마워한 적은 없지만…… 앞으로는 조금 더 고마움을 말로 표현해야겠다고, 히나코는 생각했다.

"하지만 이츠키는 시즈네가 끓여 주는 홍차도 기대할 테니까, 다음엔 내가 아니라 시즈네가 끓여 줘."

"그건, 상관없는데요. 괜찮으세요?"

"응. 나만 행복해지는 것도 미안하니까."

이츠키의 행복을 빼앗는 짓은 하고 싶지 않았다.

여름방학 막판에는, 그 고민이 커져 한동안 앓아눕고 말았다.

내가 이츠키의 소중한 일상을 빼앗아 버렸을지도 모른다는…… 그런 불안은 더 느끼고 싶지 않았다. 설령 이츠키가 괜찮다고 말해도, 신경을 써야 한다고 생각했다.

"알겠습니다……"

시즈네는 고개를 끄덕였다.

"이츠키 씨는 아직도 매수 건으로 고민하는 것 같나요?"

"고민했어. 하지만 스스로 해결하고 싶대."

"그렇군요……. 그렇다면 그 의지를 봐서, 이번에는 이츠키 씨를 엄격하게 지도하지 않겠습니다. 사실 이번 일은 이츠키 씨의 과실이 아니라, 상대가 예상보다 과격하게 행동한 것뿐이니까요."

"응. 이츠키, 잘 공부하고 있어. 백기사 같은 것도 알고 있었어."

히나코도 이츠키에게 잘못이 없다고 생각했다.

제3자 배정 유상증자나 백기사를 알고 있다는 것은 이츠키가 평소 M&A나 주식에 관해서 잘 공부하고 있다는 뜻이다. 스미노에 치카에 의한 적대적 매수가 시작되고 나서 공부했다고 하기에는 지식의 폭이 너무 넓다.

"그러고 보니 다른 메이드에게 들었는데, 이츠키 씨는 매니지먼트 게임이 시작된 직후에 타쿠마 님과 집무실에서 무언가를 하고 있었던 것 같더군요."

"이츠키가…… 그 사람과?"

히나코의 머릿속에 사악하게 웃는 오빠의 얼굴이 떠올랐다.

"타쿠마 님은 '일을 돕게 했다'고 하셨는데, 그때 이츠키 씨에게 게임과 관련해서 조언해 주셨을지도 몰라요. 그 사람이 하는 일이니까, 뭔가 꿍꿍이가 없으면 좋을 텐데요."

타쿠마에게 휘둘린 경험이 있는 시즈네는 쉽게 타쿠마를 믿을 수 없었다.

히나코도 타쿠마가 의심스럽다.

"……시즈네."

"네."

되도록 오빠와는 접촉하고 싶지 않다.

하지만 이츠키가 오빠의 마수에 걸린 것 같다면, 그런 사적인 감정은 얼마든지 버릴 수 있다.

"그 사람에게, 전화해."

시즈네는 고개를 끄덕이고, 주머니에서 스마트폰을 꺼냈다.

발신음이 들리는 스마트폰을 히나코가 받는다.

동시에 히나코는 키보드의 엔터 키를 눌렀다.

"지금 태블릿에 데이터를 보냈으니까, 그걸 이츠키에게 보여줘. 이 정도는 도와줘도 될 것 같으니까."

"분부대로 하겠습니다. 제가 이 자리에 없어도 괜찮으세요?"

"응. 남매끼리 이야기하는 거니까."

일반적인 남매라고 하기는 어렵지만.

시즈네는 걱정스러운 표정을 지었지만, 결국 히나코를 믿기로 했는지 공손하게 머리를 숙인 다음 방을 나갔다.

『시즈네?』

스마트폰에서 오빠의 목소리가 들려왔다.

"……나야."

『히나코구나. 희한한 일도 다 있네. 나한테 무슨 일이야?』

변함없이 나긋나긋한 목소리였다.

이쪽에서는 무슨 생각을 하는지 전혀 짐작할 수 없다. 그런데도 저쪽은 내가 무슨 생각을 하고 있는지 다 알아챈다. 너무 불공평해서 거북하다.

"이츠키를, 어떻게 할 작정이야?"

히나코는 대뜸 물어봤다.

"당신이 이츠키에게 조언하는 걸 알아……. 이츠키를 어떻게 할 작정이야?"

『글쎄……? 그건 이츠키 군에게 달렸지.』

아리송한 대답을 듣고, 히나코는 입술을 꾹 깨물었다.

짜증 나…….

그런 히나코의 기분을 알아챘는지, 타쿠마는 즐겁게 웃었다.

『걱정하지 마. 나는 그저 그 재능을 밀어줄 뿐이야.』

"재능……?"

되묻는 히나코에게, 그 오빠는 말했다.

『이츠키 군은…… 나와 동류야.』

◆

히나코가 내 방에서 나가고 한동안.

스미노에 양의 매수 대책을 생각하고 있는데, 다시 방문을 두드리는 소리가 났다.

"수고하셨습니다."

"시즈네 씨. 무슨 일이시죠?"

"아가씨께서 아까 상태가 이상해서, 그 원인을 조사하러 왔습니다."

"어?"

상태가 이상했다고……?

그렇다면 역시 내가 히나코를 화나게 한 걸까?

"농담이에요. 아뇨, 상태가 이상했던 것은 사실이긴 하지만, 나쁜 일은 아닌 듯하니 괜찮습니다."

"그, 그렇군요……."

뭐, 시즈네 씨가 문제없다고 하니 걱정할 필요는 없겠지.

"아가씨께서 이걸 이츠키 씨에게 드리라고 했습니다."

그렇게 말하며 시즈네 씨는 나에게 태블릿을 건네주었다.

"이건……."

"아가씨께서 지금까지 조사하신 회사 정보입니다. 일반에 공개된 것보다 더 자세한 내용이 있습니다. 이 정도면 아가씨께서 도와주셔도 괜찮을 거라고 말씀하시더군요."

"감사합니다."

"그건 나중에 아가씨께 말해 주세요."

물론 그럴 생각이다.

확실히 이 정도면 일방적인 온정은 아니다. 히나코가 아니더라도 같은 티파티 동맹의 멤버라면 이 정도의 협력은 누구도 마다

하지 않을 것이다. 나 역시 그렇다.

히나코의 배려에 감사하며 태블릿의 데이터를 보았다.

"지금은 뭘 하시죠?"

"매수 대책으로 도움이 될 회사를 찾고 있었어요. 그래서 마침 이런 정보가 필요했던 참이에요."

나는 태블릿에 있는 자료를 보면서 대답했다.

수십, 수백 개를 넘어서는, 수많은 회사의 데이터가 있었다. 히나코가 게임에서도 성공한 것은 행운이나 집안 덕분이 아니다. 이렇게 꾸준히 노력한 덕분임을 알 수 있었다.

"회사는, 참 재미있네요."

나는 자료를 보고 한 손으로 메모하면서 말했다.

"기업 이념, 투자자를 위한 정보…… 여러 방면으로 조사하다 보면 조금씩 그 회사의 체질이 드러나죠. 그 회사의 내부에 어떤 경영자가 있는지 훤히 보여요."

회사라는 단어에 현혹될 필요는 없다.

결국 회사든 서비스든 사람이 만든 것이다. 차가운 데이터 뒤에는 반드시 감정을 가진 사람이 있다.

"데이터를 보고 있으면 왠지 상대방의 얼굴과 생각이 떠올라요. 그러면 이제 그 사람과 내가 잘 맞는지 확인하는 것만으로도……."

그것만으로…… 협상은 잘 풀린다.

타쿠마 씨의 메일을 봤을 때도, 텐노지 양의 제휴처를 찾았을 때도 비슷한 느낌이 들었다. 데이터 뒤에 숨어 있는 사람의 본심

~영애들이 다니는 명문 학교에서 제일가는 **아가씨**를 남몰래 돕는 시중 담당이 되었습니다~ 6

이 조금씩 선명해진다.

"이츠키 씨, 그건……."

옆에서 시즈네 씨가 왠지 모르게 심각한 표정을 짓고 있었다.

"무슨 일이 있나요?"

"아뇨, 별일은 아닌데……."

시즈네 씨는 어딘지 모르게 말하기 껄끄러운 투로 입을 열었다.

"마치…… 타쿠마 님처럼, 말하는군요……."

◇

스마트폰 너머에서, 타쿠마는 즐거워하는 표정으로 말했다.

『내 재능은 알지? 마음의 지능지수…… 소위 말하는 EQ가 이상하게 높아서 상대가 무슨 생각을 하는지 대충 짐작할 수 있거든.』

그것은 알고 있다.

아무리 그래도 가족이다. 자기 오빠의 재능에 관해서는 들어볼 기회가 많았다.

"즉…… 사람 마음을 읽는 변태."

『너무하네. 이래 보여도 천재로 불리는데.』

말과는 달리 기분이 상한 낌새는 없었다.

『어느 날, 나는 이츠키 군에게 서류 정리를 부탁했어. 그랬더니 이츠키 군은 그 서류 속에 있는 거짓말을 단번에 꿰뚫어 봤지. '이건 진심이 아니죠?' 라고 말이야.』

아까 시즈네가 말했던 그 일이리라. 매니지먼트 게임이 시작될 무렵, 두 사람은 집무실에서 작업을 하고 있었다고 한다. 그때 타쿠마는 이츠키에게 무언가를 느낀 것 같다.

『그는 데이터의 진위를 감각으로 파악할 수 있어.』

타쿠마는 간결하게 말했다.

『엄밀히 말하면, 숨은 속내를 꿰뚫어 볼 수 있는 것 같아. 잘 포장한 정보를 보면 이성이 아닌 감각으로 '이 데이터는 구리다'는 것을 알 수 있고, 반대로 데이터 자체에 결함이 있더라도 신뢰할 만한 상대를 알아볼 수 있지.』

타쿠마는 담담하게 설명했지만, 그렇게 쉽게 받아들일 수 있는 내용은 아니었다.

그건…… 즉, 이츠키가 이 사람과 같은 재능을 가지고 있다는 뜻일까?

"……그런 오컬트적인 일을 할 수 있는 건 당신만으로 충분해."

『우리한테는 오컬트도 뭐도 아니야.』

히나코는 눈썹 사이에 주름을 잡는다.

우리. 그런 말은 쓰지 않았으면 좋겠다. 마치 이츠키가 이미 그쪽 사람인 것처럼 말하는 투였다.

『예를 들어서, 너는 동급생에게 같이 차를 마시자고 초대받았을 때, 그것이 사교적인 행위인지 진심인지 어떻게 판단해?』

"그건…… 감으로, 하는데."

『그래. 감으로 하겠지? 애매모호한 판단 기준인 것 같지만, 신기하게도 그런 것이 적중하는 경우가 많아.』

(생활력 없음)
~영애들이 다니는 명문 학교에서 제일가는 **아가씨**를 남몰래 돕는 시종 담당이 되었습니다~ 6

타쿠마가 말을 잇는다.

『우리는 그런 직감의 영역이 넓은 거야. 히나코가 사교적인지 진심인지 판단하는 것처럼, 우리는 눈앞에 있는 정보의 진위를 파악하는 거지.』

타쿠마의 재능에 관해서는 알고 있었지만, 이렇게 자세한 설명을 듣기는 처음이었다.

앞뒤는 맞는 것 같다. 하지만 그것은 타쿠마의 교묘한 말솜씨일 수도 있다. 그래서 지금 여기서 쉽게 납득하는 것은 두려웠다.

히나코는 알고 있다. 코노하나 타쿠마의 재능은 예리한 직감이라는 말로 쉽게 설명할 수 없다는 사실을. 상대가 원하는 것을 제공하고, 상대가 좋아하는 성격을 연기하고, 때로는 상대가 꺼리는 주제를 스스로 꺼내 협상을 잘 이끌어간다.

그렇게 해서 타쿠마는 이례적으로 빨리 코노하나 그룹의 임원들에게 자신을 인정받고 입지를 다졌다. 만약 방탕한 기질만 없었더라면 차기 당주로 환영받았을 것이 분명하다.

"⋯⋯하지만 지금까지 이츠키한테 그런 기색은 없었어."

『그랬지. 아마도 내가 계기가 됐을 거야.』

히나코의 의문에, 타쿠마는 대답한다.

『나 같은 인간의 존재를 알게 된 것이⋯⋯ 나와 대화하는 것이 좋은 자극이 되었을지도 모르지.』

히나코는 그 가능성이 있을지도 모른다고 생각했다.

타쿠마는 좋든 나쁘든 특별한 사람, 평범하다고 말하기 어려운 사람이다. 그런 타쿠마의 영향을 받아 인생이 바뀐 사람도 적지 않을 것이다. 시즈네도 그랬다.

이츠키도 타쿠마에게 자극받아 그 재능이 싹튼 걸지도 모른다.

"……그러면 당신이 원흉이라는 거야?"

『이봐. 딱히 나쁜 짓은 안 했어. 오히려 스승님이라고 불러 주길 바란다고.』

타쿠마의 쓴웃음 소리가 들렸다.

『너도 알겠지? 이건 틀림없이 경영차의 재능이야. 상대의 속마음을 알 수 있어서 위험을 피할 수 있고, 숨겨진 이익을 발굴할 수도 있지.』

실제로 그 재능으로 성장한 타쿠마가 하는 말에는 설득력이 있었다.

『다만 냉혹함이 부족하다는 점이 아쉬워. 이 재능을 잘 활용하면 상대의 약점도 잡을 수도 있을 텐데 말이야. 그것만 할 수 있게 되면…… 그는 내가 될 수 있어.』

그 말을 듣고 히나코는 오빠의 성격을 다시 한번 깨달았다.

오빠는 그저 자신의 인생이 옳다고 생각하니까 거기에 도달하는 길을 제시할 뿐이다. 이 사람은 그저 친절을 베푸는 것이다. 하지만 역시 오빠는 이츠키의 마음을 전혀 고려하지 않았다.

"……필요 없어."

히나코는 이츠키를…… 소중한 사람을 떠올렸다.

이츠키는 항상 자신을 지켜봐 주었다. 게으르고, 귀찮은 것을 짊어지고, 요즘은 여러 가지 감정에 휘둘리는 자신을, 이츠키는 항상 다정하게 웃으며 바라봐 준다.

그 다정한 얼굴이 사라질 리가 없다.

"이츠키에게, 냉혹함은 필요 없어."

히나코는 평소보다 강한 어조로 말했다.

『비즈니스의 세계에서 냉혹함은 필수야. 이츠키 군은 정을 버리기만 하면 일류 경영자가 될 수 있어. 그렇게 하면 코노하나 그룹의 임원도 쉽게…….』

"상관없어."

오빠의 말을 중간에 끊고 히나코가 말했다.

"이츠키는 당신과 같아지지 않아. 다른 사람을 도구로 취급하는 당신과는 달라."

타쿠마는 자신의 출세를 위해 종종 타인을 이용한다.

히나코는 그 피해자들이 어떻게 되었는지 잘 알고 있다.

누군가는 가정을 잃었고, 누군가는 꿈을 잃었다. 처음에는 모두 눈을 반짝이며 타쿠마를 따라갔지만, 마지막에 웃는 사람은 타쿠마뿐이었다.

타쿠마는 타인의 마음을 모르는 것이 아니다. 오히려 누구보다 타인의 감정에 예민한 사람이다. 즉, 이 남자는 타인의 마음을 잘 알면서 그들을 버린 것이다.

타인의 마음이 잘 보이기에, 진부하게 느끼는 걸지도 모른다.

코노하나 타쿠마는 언제나 타인의 감정을 가볍게 여긴다.

『나와는 다르다고? 너는 그렇게 단언할 정도로 이츠키 군을 잘 아는 거야?』

"잘 몰라도 알아."

히나코는 침착하게 말했다.

"당신 주변에 텐노지 미레이는 없어."

고결하고, 호승심이 강하고, 정의로운 소녀를 떠올린다.

"당신 주변에 미야코지마 나리카는 없어."

서툴고, 열심히 애쓰고, 자기 자신과 마주할 수 있는 소녀를 떠올린다.

"당신 주변에 히라노 유리는 없어."

따뜻하고, 참견쟁이고, 꾸밈없는 소녀를 떠올린다.

"당신 주변에는 타이쇼 카츠야도, 아사히 카렌도 없어."

『모두 이츠키 군의 친구들이군.』

"그래, 친구."

분위기를 띄울 줄 알고, 항상 여러 사람을 은근슬쩍 챙기는 두 사람을 떠올려 본다.

왠지 여자 비율이 유난히 높은 것 같아서 조금 울컥했지만, 지금은 잊는다.

중요한 것은 이츠키에게 그런 친구들이 있다는 것이다.

"당신은 이해관계가 일치해야만 인간관계를 맺을 수 있어. 그래서 당신 주변에는 비즈니스 파트너밖에 없어. 하지만 이츠키는 달라. 이츠키는 항상 다른 사람을 위해 노력했어. 그런 이츠키의 주변에는 친구가 많아."

그러니까······.

"이츠키는 이미 당신과 다른 삶을 살고 있어······. 당신이 이츠키를 현혹해도 의미가 없어. 이츠키의 주변에는 이츠키를 붙잡아 주는 사람이 많으니까."

히나코는 이츠키의 미래에 관해서는 전혀 두려워하지 않았다.

이츠키는 괜찮을 거라는 확신이 있다. 이츠키는 이 남자처럼 되지 않는다는 신뢰가 있다.

『음, 아까운걸. 그렇게 비즈니스 재능이 있는데. 개인적으로는 장차 내 오른팔이 되어 주길 바라는데 말이야.』

"그렇게 되진 않아. 다른 데 가서 알아봐."

역시나. 결국 이 남자는 자기 생각만 한다.

『뭐, 네가 어떻게 생각하든 그건 네 자유야.』

타쿠마는 조용히 중얼거렸다.

『어이쿠. 슬슬 일할 시간이야. 이야기는 이제 다 했을까?』

"응."

오빠의 의도를 알았으니 더 할 말은 없다.

이 사람은 코노하나 타쿠마 2세를 원하고 있다. 자기 분신을 만들어 써먹기 편한 오른팔로 삼으려고 한다.

이츠키가 그걸 원한다면 말리지 않겠다.

하지만 그렇지 않다면…… 그것을 막는 것이 나의 사명이다.

(어?)

거기까지 생각하다가 문득 히나코는 깨달았다.

만약 이츠키에게 오빠와 같은 재능이 있다면…….

이츠키도 타인의 감정에 예민하다면…….

이츠키는, 내 감정을 아는 걸까……?

"……저기."

『응?』

갑자기 시무룩해진 히나코에게, 타쿠마는 의아한 투로 반응했다.

"이츠키는, 당신처럼 마음을 읽는 건 아니야……?"

『응, 그렇게 예리한 건 아니야. 네 마음도 모르는 눈치니까.』

"어?"

갑자기 마음을 읽힌 히나코의 얼굴이 일그러졌다.

"무, 무슨 소리야……?"

『아니, 당연히 눈치챌 수 있지. 설마 숨기려고 한 거야?』

"이, 입 다물어……!!"

이 남자가 상대일 때는 의미가 없음을 알아도, 어떻게든 속이려고 애쓴다.

오빠는 재미있다는 듯이 낄낄 웃었다.

『우리도 서툰 분야가 있단다. 내가 보기에 이츠키 군은 그런 사정에 어두운 듯하니까…… 아마 자기 일에 둔감한 타입이겠지.』

언젠가 이츠키의 어릴 적 친구인 유리가 말한 적이 있다. 이츠키는 사람이 착하지만, 대신 자기 자신에 대해서는 소홀히 하는 버릇이 있다고.

그 이야기를 들었을 때는 매우 슬펐지만…… 아직 마음의 준비가 되지 않은 히나코는, 지금으로선 아주 조금 다행이라고 여겼다.

(생활력 없음)

5장 협상

다음 날 아침.

키오우 학원에 등교해서 교실에 들어가려던 참에, 텐노지 양이 손짓으로 나를 불렀다.

"텐노지 양?"

"토모나리 씨, 잠깐 이쪽으로 오셔요."

인적이 드문 층계참으로 따라가자, 텐노지 양이 나를 향해 뒤돌아보았다.

"매수 건은 어떻게 되었죠?"

십중팔구 그 이야기일 것 같았다.

민감한 문제라 어디까지 설명해야 할지 고민했지만, 텐노지 양은 인간적으로 신뢰할 수 있고, 동맹도 맺었으니까 문제없을 것이다.

하나하나 순서대로 설명한다. 스미노에 양이 IT 업계의 정상을 목표로 하고 있다는 것을, 이를 위해 테크캐피털을 인수했다는 것을, 나를 걱정한 히나코가 백기사를 제안했다는 것을, 그리고…….

"그래서 코노하나 양을 의지하지 않고 스스로 해결할 겁니다."

실력을 키우기 위해서라도 히나코의 제안을 굳이 거절했다는 것을.

텐노지 양은 팔짱을 끼고 내 설명을 들었다.

"오호…… 좋은 각오로군요."

"정말 기분 좋게 웃으시네요."

텐노지 양은 육식동물처럼 사나운 미소를 짓고 있었다.

결국 나와 스미노에 양은 정면 대결을 벌이게 되었다. 딱 봐도 경쟁을 좋아하는 텐노지 양의 입맛에 맞을 전개다. 히나코를 라이벌로 여기는 까닭에, 히나코의 힘을 빌리지 않는 태도도 마음에 들었을 것이다.

"당연히 아시겠지만, 그건 시뮬레이션이기 때문에 택한 길이겠죠?"

"네. 잘 알고 있습니다."

이번 일이 모두 현실에서 일어났다면 나는 토모나리 기프트에서 일하는 직원들의 생각을 완전히 무시한 셈이다. 나는 그들을 길바닥에 내몰지 않을 의무가 있는데도, 오로지 내 고집을 관철하기 위해 험난한 길을 택한 것이다.

현실에서 이런 상황에 직면하면 히나코에게 보호받을 수밖에 없을 것이다.

"하지만 나는 시뮬레이션이기 때문에 배울 수 있는 점도 있다고 생각한답니다. 실제로 내가 M&A를 거듭하는 것도 그런 이유니까요."

회사의 인수합병에는 막대한 돈이 들어간다. 현실에서는 자주

M&A를 반복할 수 없지만, 텐노지 양은 공부하기 위해서 적극적으로 M&A를 하고 있었다.

"토모나리 씨는 이기기 위해서가 아니라 배우기 위한 선택을 했다. 그 자각이 있다면…… 나는 당신의 선택을 존중할게요."

"감사합니다."

텐노지 양이 그렇게 말해 주니 자신감이 생겼다.

"그래서, 정작 중요한 대책은 어떻게 하실 건가요?"

"그건……."

대답하려고 하는데 누군가 다가왔다.

"안녕하세요."

차분하고 고운 목소리가 내 귀에 들린다.

"스미노에 양……."

"우후후. 요즘 자주 보네요."

스미노에 양은 청순한 미소를 지었다.

이렇게 다시 보면, 별로 음흉해 보이지 않는다. 연기로 체면을 유지한다는 점에선 히나코와 통하는 부분이 있다.

그런 스미노에 양에게 텐노지 양이 입을 열었다.

"스미노에 양. 사실 나는 여기 있는 토모나리 씨와 동맹을 맺고 있어요."

"네, 알고 있습니다."

그야 당연히 알고 있겠지……. 항상 티파티를 감시하는 모양이니까.

"그러니 한마디만 할게요. 당신의 방식은 마치 돈다발로 상대의 뺨을 때려서 복종시키는 것과 같아요. 다소 강압적이에요.”

“그 말씀이 맞아요. 하지만 저는 그렇게라도 하지 않으면 텐노지 양의 눈을 뜨게 할 수 없다고 판단했습니다.”

“내 눈을……?”

의아해하는 텐노지 양에게, 스미노에 양이 말을 이었다.

“텐노지 양. 저도 당신에게 한 가지 말씀드리고 싶은 것이 있습니다. 여기 있는 남자는 텐노지 양에게 어울리지 않아요. 토모나리 이츠키는 당신을 타락시키는 사람입니다. 제가 증명해 보이겠어요.”

스미노에 양이 나를 노려보며 말했다.

나를 원망하는 감정은 숨기지 않기로 한 모양이다.

여러모로 반박하고 싶은 것이 있지만, 전쟁의 포문은 이미 열렸다. 언쟁을 벌인다고 해서 우리 관계가 변할 리가 없다.

그래서 나는…… 비즈니스 차원의 이야기를 한다.

“스미노에 양. 웨딩 니즈 주식회사를 아시나요?”

스미노에 양은 이런 험악한 분위기에서 내가 먼저 말을 걸 줄은 몰랐는지 조금 놀란 듯했지만, 금방 냉정한 표정으로 돌아왔다.

“네, 알아요.”

“당연히 그렇겠죠. 저는 오늘 그곳의 경영자와 이야기해 볼 생각입니다.”

그렇게 말하자 스미노에 양은 미소를 지었다.

“그렇군요. 당신이 뭘 하려는지는 알겠습니다. 하지만 그건 가망이 없어요. 그 회사는 저도 한 번…….”

~영애들이 다니는 명문 학교에서 제일가는 **아가씨**를 남몰래 돕는 시중 담당이 되었습니다~ 6
(생활력 없음)

"우리 회사는 스미노에 양의 회사와 다릅니다."

매수에 응하지 않는 이유는 처음부터 그것뿐이었다.

토모나리 기프트와 SIS는 경영 철학이 완전히 달랐다. 그 경영 자인 나와 스미노에 양의 사고방식이 전혀 다르다.

소란의 발단이 그것이라면, 결판을 내는 것도 역시 그것이다.

"저는 이 방식으로 살아남을 겁니다."

아마도 결판은 오늘 날 것이다.

오늘 방과 후…… 나는 어떤 사람과 만날 약속을 잡았다.

◆

방과 후, 교내 카페에서.

예약한 카페 좌석에 앉아 있던 나는 정면에서 한 남학생이 오는 것을 보고 자리에서 일어섰다.

"안녕하세요. 웨딩 니즈 주식회사의 이쿠노라고 합니다."

"토모나리 기프트의 토모나리 이츠키입니다."

나는 이쿠노라고 자신을 소개한 남학생과 가볍게 악수하고 자리에 앉았다.

이번엔 스미노에 양의 지배에서 벗어나기 위한 대책을 준비했다. 그 핵심 인물이 동급생인 이 남학생이다.

점원이 나와 이쿠노에게 메뉴판을 건넨다.

"토모나리 군은 무엇으로 하실 건가요?"

"저는 블렌드 커피로 할게요."

"그럼 저도 그걸로 하죠."

점원이 고개를 끄덕이며 발걸음을 돌린다.

"이쿠노 군은 이 카페가 처음이신가요?"

"네. 집이 엄격해서 방과 후엔 바로 집으로 오라고 해요."

이쿠노가 웃는다.

그런 학생이 많다는 것은 나도 알고 있었다.

이쿠노의 집안에서 경영하는 웨딩 니즈는 웨딩업계에서 제일 가는 회사다. 웨딩홀을 제공하는 웨딩 사업은 물론, 그에 부수 되는 호텔 사업, 레스토랑 사업 등 취급하는 사업은 매우 다양하다.

집안이 이 정도면 부모님의 간섭이 심한 경우가 많다. 막과자 가게에 가는 것조차 금지되었던 나리카가 그랬던 것처럼 말이다. 히나코와 텐노지 양은 자유로워 보이지만, 실제로는 외출할 때 대부분 어딘가에 전속 경호원이 숨어 있다.

그런 이쿠노는 다른 학생들과 마찬가지로 게임에서 집안의 기업인 웨딩 니즈를 운영하고 있었다. 현실에서와 마찬가지로 게임에서도 웨딩업계에서 1위 업체로 군림하고 있다.

"토모나리 군과 이렇게 이야기하는 건 처음인데, 사실은 조금 긴장돼요."

"어, 왜죠?"

내가 긴장하는 일은 있어도, 이쿠노가 긴장할 이유는 없을 텐데…….

"토모나리 군은 그 고귀한 티파티에 참가하는 사람이잖아요."

나왔다. 고귀한 티파티.

최근 자주 듣게 되는 화제다. 조금 오해받는 것 같다.

"저기…… 그 티파티는 정말 그냥 수다를 떨기 위한 모임이지, 고귀한 티파티라고 불릴 만큼 거창한 모임은 아닌데요……."

"네? 하지만 들리는 소문으론 정치, 경제, 군사학, 그리고 앞으로 키오우 학원이 어떤 방향으로 나아갈지를 진지하게 토론한다고 들었는데요."

그 소문은 대체 뭐지?

올봄에 갓 편입한 내가 있는 시점에서 그런 이야기가 오갈 리가 없다.

"일각에서는 토모나리 군이 뒤에서 조종하고 있다는 소문도 있어요."

"왜 그런 말도 안 되는 소문이……."

"원래 토모나리 군이 그 멤버들을 모았다는 소문도 있으니까, 그게 원인이 아닐까요……."

애초에 그 여섯 명이 처음 모이게 된 계기는 무엇이었을까? 아, 맞다. 타이쇼와 아사히 양이 놀자고 하는 것을 매번 거절하는 것도 이상해서 받아들이기로 했고, 그래서 기왕이면 하는 마음에 히나코와 친해졌다는 텐노지 양과 친구가 필요해 보이는 나리카도 불렀었지.

내가 모았다고 해도 크게 틀린 말은 아닌 것 같다.

"게, 게임 이야기를 하죠! 이번엔 그러려고 모인 거잖아요!"

"그, 그렇죠."

이 주제는 위험할 것 같아서 멀리하기로 한다.

마침 우리가 마실 커피가 나와서, 일단 마음을 가라앉히기 위해 커피를 마셨다.

휴. 누가 먼저랄 것도 없이 한숨이 나온다.

"매수 건, 힘들어 보이네요."

이쿠노가 잔을 테이블에 내려놓으며 말했다.

"알고 계셨나요?"

"글쎄요, 펀드 인수는 흔한 일이 아니니까요."

스미노에 양의 펀드 인수 건은 원래 나나 스미노에 양을 주목하지 않았던 사람들에게까지 전해진 모양이다.

왠지 내가 주목의 대상이 된 것 같아서 기분이 묘하다.

"스미노에 양의 SIS 주식회사는 IT 대기업. 테크캐피털로부터 투자를 받는 벤처 IT기업에 있어서 SIS가 자신들의 위에 서는 것은 반드시 나쁜 이야기가 아니라고 생각하는데요……."

"그렇게 생각하는 사람도 있겠죠. 하지만 저는 저항하기로 했습니다."

그래서 이 자리를 마련한 것이다.

나는 커피를 한 모금 마시고 나서 이쿠노를 바라보았다.

슬슬…… 진지한 이야기를 할 차례다.

"얼마 전 말씀드린 대로 오늘은 자본 업무 제휴에 관해 말씀드리겠습니다."

나는 본론을 꺼냈다.

그러자 이쿠노는 미안한 듯 고개를 숙였다.

"미안해요. 일부러 자리를 마련해 주신 참에 죄송한데…… 저는 업무 제휴를 할 생각이 없습니다."

이쿠노는 커피잔을 바라보며 말했다.

"IT 기업에서 종종 비슷한 제안을 받고 있지만, 전부 거절했거든요……"

"그중에는 스미노에 양도 있었죠?"

"알고 계셨나요?"

"직접 들은 건 아니지만, 예상은 하고 있습니다."

나는 가방에서 노트북을 꺼내고 말했다.

"아마도 저는 스미노에 양과 다른 제안을 할 수 있을 겁니다."

이쿠노가 눈을 동그랗게 뜬다.

"토모나리 기프트에 관해선 알고 계십니까?"

"아니요, 제휴를 거절할 생각만 해서, 자세히는……"

"그렇다면 이 자료를 보시죠."

아마도 토모나리 기프트가 IT 기업이라는 것을 알게 된 시점에서 더 알아볼 마음이 없어졌을 것이다. 나는 그 이유를 짐작할 수 있었다.

우선 화면에 토모나리 기프트의 자료를 띄워 이쿠노에게 보여 줬다.

"토모나리 기프트에선 선물용품 전문 쇼핑몰을 운영하고 있습니다. 그래서 상대방에게 예의를 갖출 수 있는 고품질 상품들만 다루죠. 관혼상제 선물로도 적합한 서비스를 제공하고 있습니다."

관혼상제 선물로 싸구려를 고를 수는 없다. 그런 점에서 우리는 궁합이 잘 맞을 것 같다.

선물 시장을 분석해 보면 확실히 관혼상제와의 연관성이 보인다. 결혼 축하, 성인식 등 관혼상제 이벤트는 선물을 주는 것이 관례다.

그래서 스미노에 양 역시 이쿠노에게 제안했을 것으로 예상했다. 스미노에 양이 운영하는 쇼핑몰에는 관혼상제 카테고리가 있었으니까, 그 사업을 키우고 싶다면 웨딩업계의 최대 업체와 손을 잡고 싶었을 것이다.

거기까지는 나도 똑같이 생각하지만…….

"다만 이 자리에서 말씀드리고 싶은 것은, 토모나리 기프트가 반드시 온라인을 통한 거래만을 고집하는 것은 아니라는 점입니다."

"그게 무슨 뜻일까요?"

이쿠노가 확실하게 화제를 물었다.

이쿠노는 내가 스미노에 양과 똑같이 제안할 거라고 생각한 모양이다.

하지만 그렇지 않다. 나와 스미노에 양은 비전이 다르다.

"토모나리 기프트의 기업 철학은 부담 없이 선물을 주고받는 관계의 미점과 근사함을 일깨워주는 것입니다. 비록 주전장은 인터넷 쇼핑몰이지만, 그 밖에도 이용자의 수요에 부응하고 싶어요. 실제로 인터넷 환경에 구애받지 않는 카탈로그 기프트 사업도 시작했습니다."

(생활력 없음)
~영애들이 다니는 명문 학교에서 제일가는 **아가씨**를 남몰래 돕는 시종 담당이 되었습니다~ 6

나는 이쿠노에게 카탈로그 기프트 사업 데이터를 보여줬다.

이쿠노는 진지한 얼굴로 그 데이터를 바라보고 있었다.

"어떨까요?"

나는 이쿠노를 똑바로 바라보며 물었다.

"하고 싶은 일과 가깝지 않을까요?"

정곡을 찔렸는지, 이쿠노는 소리 없이 깜짝 놀랐다.

"웨딩 니즈의 기업 정보를 알아보니 앞으로 IT 기술을 도입하고, *DX를 추진하겠다고 나와 있었는데, 저는 그게 진심이 아니라고 느꼈습니다. 사실은 기존과 변함없이 전통적인 방식을 고수하고 싶은 거죠?"

요즘은 어느 기업이나 업무 효율화를 위해 IT 기술 도입을 검토하고 있는데, IT 기술 도입과 DX는 비슷한 의미이지만, 엄밀히 말하면 IT 기술 도입은 업무 효율화를 위한 것이고, DX는 디지털 기술을 이용한 또 다른 업무 창출을 지향한다.

웨딩 니즈는 DX를 검토 중이라고 했다.

하지만 나는 그것이 사실이 아닌 것 같았다.

데이터에 감춰진 얼굴…… 이쿠노의 표정이 흐린 것처럼 보였기 때문이다.

"토모나리 군의 말이 맞아요."

이쿠노는 깍지를 끼고 말했다.

"사실 저는 거의 부모님이 시키는 대로 해요. 매니지먼트 게임은 경제계에서 주목받는 분야라 부모님이 저한테 맡기는 게 불

---

* DX : 디지털 전환(Digital transformation). 디지털 기술을 기반으로 기업 경영 및 환경을 전환하는 것.

안하신 것 같아서…… DX도 부모님이 정한 일이에요. 하지만 솔직히 말해서 저는 전통적이고 격식을 중시하는 서비스를 고수하고 싶어요. 요즘은 온라인으로 결혼식을 진행하거나 생중계하는 경우도 있는데, 저는 그런 것에는 반대합니다. 시간과 정성을 들여서 얻는 추억의 소중함……. 그것을 우리 서비스를 통해 알리고 싶었어요.”

나는 아마도 그것이 이쿠노의 진심일 거라고 예상했다.

그래서 내 제안이 잘 전해질 거라고 생각했다.

“우리가 추구하는 것은 효율성이 아니라 문화 전파입니다. 그런 점에서 우리는 비전을 공유할 수 있다고 봐요. 예를 들어 토모나리 기프트에서는 선물 포장이나 장식 등, 복잡한 매너를 사이트에서 알기 쉽게 설명하고 있죠. 여기에는 결혼에 관한 정보도 함께 올렸습니다.”

물론 토모나리 기프트의 통신판매 서비스와 관혼상제의 궁합은 앞서 말한 그대로다.

하지만 그보다 내가 이쿠노에게 제안하는 것은 이쿠노가 원하는 결혼관을 널리 전파할 수 있는 공간이다. 다행히 그 토양은 이미 만들어져 있었다.

“부디 우리 회사와 제휴해 주실 수 없을까요? 웨딩 니즈에서 협력해 주시면 관혼상제 관련 서비스가 크게 진보할 겁니다.”

그 대가로 나는 스미노에 양의 인수에서 벗어날 수 있는 후원과 관혼상제에 관련 서비스의 향상을 노리고 싶었다.

그런 나의 제안에 이쿠노는 잠시 고민하다가 대답했다.

(생활력 없음)
~영애들이 다니는 명문 학교에서 제일가는 **아가씨**를 남몰래 돕는 시중 담당이 되었습니다~ 6

"처음에는 거절할 생각이었어요."

이쿠노는 어딘지 모르게 체념한 듯이 고백했다.

"저 자신은 DX에 관심이 없어서 IT 기업과의 제휴에 회의적이었죠. 스미노에 양 역시 DX를 추진한다는 방침으로 저에게 제휴를 제안해서, 부모님이 알기 전에 거절했어요. 애초에 부모님이 시키는 대로 한 시점에서 게임에 대한 의욕도 별로 없었죠."

그렇게 말하고, 이쿠노는 나를 바라봤다.

그 눈빛은 이야기를 시작했을 때보다 훨씬 더 생기가 넘쳤다.

"그래도 토모나리 군이 제 속마음을 정확히 짚어 줘서 기뻤어요. 모처럼 하는 매니지먼트 게임. 이걸 계기로 저는 제가 하고 싶은 일을 하려고 합니다."

이쿠노가 머리를 숙인다.

"자본 업무 제휴를 받아들이겠습니다. 토모나리 군의 회사에 투자할 수 있게 해 주세요."

"감사합니다."

나는 이쿠노보다 더 깊이 머리를 숙인다.

마음속으로 안도하고 있는데, 이쿠노가 의아한 기색으로 나를 쳐다봤다.

"그런데…… 어떻게 제가 하고 싶은 일을 알았죠?"

DX 추진 방침은 이쿠노 자신의 의지가 아니었다. 그런데 어떻게 그걸 알아챌 수 있었냐고 이쿠노가 물었다.

당연한 질문이지만, 나는 그 답을 말로 표현할 줄 모른다.

분위기, 혹은 감각으로 알았기 때문이다.

그래서…….

"왠지 그럴 것 같았어요."

나는 씁쓸한 웃음을 지으며 그렇게 대답할 수밖에 없었다.

에필로그

이후 토모나리 기프트 주식회사가 제3자 배정 유상증자에 성공했다는 소식이 전해졌다. 그 대상은 웨딩 니즈 주식회사와 이쿠노가 나중에 소개한 믿을 수 있는 웨딩업계의 대기업…… 합계 2사다.

이로써 토모나리 기프트는 SIS의 경영권 침탈을 막는 데 성공했다. 증자를 담당해 준 두 회사는 우리 회사 주식을 포기하지 않겠다고 약속했기 때문에 스미노에 양의 토모나리 기프트에 대한 경영권이 더 커지는 일은 없을 것이다. 주식을 얻은 두 회사가 토모나리 기프트의 주식을 팔지 않겠다는 약속이 영원히 지켜진다고 보장할 수는 없지만, 그 약속을 어겨서 토모나리 기프트가 손해를 보면 업무 제휴처인 웨딩 니즈도 불이익을 뒤집어쓰므로 당분간은 문제없을 것이다.

키오우 학원에 등교한 나는 그곳에서 스미노에 양을 발견했다.

스미노에 양은 주변 학생들의 시선을 한 몸에 받고 있었다. 나도 마찬가지다. 매니지먼트 게임이 현실에 미치는 영향은 헤아릴 수 없을 정도로 크다.

나와 스미노에 양의 매수 소동은 아마 이번 매니지먼트 게임에서 현재 가장 큰 사건일 것이다. 처음 만난 이쿠노도 알고 있었을 정도니까, 이번 사건의 결말도 모두가 알 것이다.

"스미노에 양."

나는 교실로 가는 스미노에 양에게 말을 걸었다.

"어머, 토모나리 씨. 욕이라도 하러 왔어요?"

"안 해요."

서로가 대치하는 관계는 이미 끝났다. 그런 짓은 하고 싶지 않다. 아니, 설령 이번 일이 아직 끝나지 않았다고 해도 욕할 생각은 없다.

스미노에 양과는 적대했지만, 나는 스미노에 양에게 악감정이 없었다.

"업계 1위를 목표로 한다면 그렇게 강압적인 수단을 사용할 필요도 있다고 생각합니다. 저는 펀드를 인수한다는 발상을 하지 못했으니까……. 이번 일로 스미노에 양에게 많은 것을 배웠습니다."

"당신은 사람이 너무 좋네요."

스미노에 양은 작게 한숨을 쉬었다.

"토모나리 기프트의 주식은 더 모으지 않겠어요. 매수는 어려울 것 같고, 더 이상 자금을 쓰는 것은 손해라고 판단했습니다."

"그렇군요."

다행이다.

더 이상의 싸움은 혼전이 될 것이다. 서로 발목을 잡는 동안에 경쟁사에 먹힐 위험도 있으니까, 지금이 골든타임이라고 판단해

줘서 고맙다.

"스미노에 양. 괜찮으시면 오늘 방과 후에 차라도 같이 마실래요?"

"네?"

내 제안을 듣고, 스미노에 양은 의아한 표정을 지었다.

"문제가 하나 해결됐으니까, 앞으로는 우호적인 관계를 맺으면 좋겠어요."

"그렇군요……."

스미노에 양은 내 의도를 이해한 듯 고개를 끄덕였다.

"하지만 당신은 법인 대상의 통신판매를 시작할 거죠?"

"그 부분은 양보할 생각이 없습니다."

앞으로 선물용품 시장의 법인용 통신판매 서비스에 관해서는 우리 회사가 주도권을 쥘 것이다.

토모나리 기프트는 웨딩 니즈와의 제휴를 계기로 관혼상제 선물을 더욱 본격적으로 취급할 예정이다. 웨딩 니즈와의 제휴라는 실적이 쌓이면 웨딩업계는 물론 다른 업계와의 연계도 기대할 수 있을 것이다.

나는 토모나리 기프트를 더 큰 회사로 키우고 싶다.

그래서 여기서 발걸음을 멈출 생각이 없다.

"갈게요. 패자는 승자의 요구에 따를 수밖에 없으니까요."

"이기고 지고를 따질 정도는……."

"어떻게 봐도 당신이 이겼어요."

스미노에 양이 작게 웃었다.

뭐, 본인만 괜찮다면 상관없겠지.

"그럼 방과 후, 카페에서 만나요."

"알겠습니다."

"참고로 그 자리에는 텐노지 양도 초대했습니다."

"급한 볼일이 생각나서 오늘은 사양할게요."

"괜찮아요. 같이 가죠."

"아니, 싫어요…… 긴장해서 죽을 거예요……!"

갑자기 스미노에 양의 얼굴이 새파랗게 질렸다.

"지난번에는 평범하게 말할 수 있었잖아요."

"허세예요!"

"그렇게 단호하게 말해도……."

정말 이 사람은 텐노지 양만 엮이면 사람이 확 바뀌는구나…….

필사적인 얼굴로 내 옷을 움켜쥔 스미노에 양은, 그때 무슨 생각이 났는지 고개를 숙여 생각에 잠긴다.

"역시…… 갈게요."

스미노에 양이 나지막하게 말했다.

"텐노지 님께 사죄해야 하니까요."

◆

방과 후.

나와 스미노에 양이 평소 자주 가는 카페에서 점원에게 마실 것을 주문할 때, 텐노지 양이 테이블로 다가왔다.

"오래 기다리게 했군요."

"아뇨, 저희도 방금 왔어요."

텐노지 양 역시 바로 홍차를 주문한다.

——사실 오늘은 티파티 동맹의 모두와 모일 예정이었다.

하지만 이번에는 스미노에 양과 다시 한번 이야기를 나누고 싶어서 이쪽을 우선했다. 텐노지 양 역시 우리의 마음을 헤아렸는지 사전에 승낙해 주었다.

잠시 후 우리가 시킨 음료가 나왔다.

텐노지 양은 홍차가 담긴 잔을 입으로 가져가며 말했다.

"여기 홍차도 제법 괜찮네요."

혼잣말하는 텐노지 양을 보고, 스미노에 양이 조심스럽게 입을 열었다.

"저기……."

스미노에 양은 나와 텐노지 양을 바라본다.

"요전번 발언은 철회하겠습니다. 토모나리 씨가 텐노지 양을 타락시켰다는 말은 제 실수였어요."

스미노에 양이 머리를 깊이 숙인다. 그것을 텐노지 양이 똑바로 바라본다.

"당신의 사죄는 잘 받았어요."

텐노지 양은 스미노에 양을 용서했다.

스미노에 양은 자기 발언에 책임을 지기 위해 사죄했다. 매니지먼트 게임은 학생들 사이의 경쟁을 전제로 하는 것이기 때문에 토모나리 기프트와 SIS가 갈등을 빚은 것에 대해서는 비난할 수 없다. 다만, 스미노에 양은 거기에 아주 조금, 게임의 영역을 넘어선 다툼을 끼워 넣었다.

이것을 해소하지 않고서는 이번 일이 끝났다고 할 수 없다.

그렇기에 스미노에 양은 사죄했다. 모두와 완전히 화해하기 위해서.

"나는 이제 화내지 않아요. 다만 순수하게 궁금한 건데, 스미노에 양은 왜 내가 토모나리 씨 때문에 타락했다고 생각했나요?"

"그건……."

스미노에 양은 대답하기 거북한 듯 복잡한 표정을 지었다.

하지만 결국 그걸 말하지 않으면 진정한 의미에서 응어리가 사라지지 않을 것이다. 그래서 나는 스미노에 양을 대신해 입을 열었다.

"스미노에 양은 텐노지 양을 굉장히 존경하고 있어요."

"저기요……!"

스미노에 양이 창백한 얼굴로 나를 바라본다.

아직 이야기가 끝나지 않았으니 가능하면 조용히 들어주길 바란다.

"그래서 텐노지 양의 변화에 당황한 것 같아요. 스미노에 양 나름대로 텐노지 양을 걱정한 거겠죠."

스미노에 양이 텐노지 양을 끔찍이 사랑한다는 것까지 설명할 생각은 없다. 굳이 그렇게까지 설명하지 않아도 이것으로 충분히 전달되었을 것이다.

이야기를 들은 텐노지 양은 스스로 답을 냈는지 고개를 크게 끄덕였다.

"스미노에 양. 사실 나는 요즘 들어서 성적이 쑥쑥 올라가고 있답니다."

텐노지 양의 근황을 들은 스미노에 양은 눈을 동그랗게 떴다.

"나는 지금까지 자타가 인정하는 금욕주의자였지만, 아마 무의식중에 스트레스를 느꼈던 거겠죠. 나도 결국엔 사람. 목표를 위해서라면 어떤 고행도 견딜 수 있다고 생각했는데, 아무래도 그렇지 않았던 것 같네요."

확실히 이전의 텐노지 양은 금욕주의자였다.

그리고 속에 쌓인 스트레스를 누구에게도 드러내지 않는 그런 사람이었다.

"자세한 설명은 생략하겠지만, 나는 토모나리 씨 덕분에 인생에 큰 여유가 생겼답니다. 결과적으로 내 약점을 직시하고, 더 크게 성장하고 노력할 수 있게 되었죠. 그렇기에 토모나리 씨는 내게 은인이나 다름없어요."

혼담을 거절했던 일을 말하는 것 같다.

은인이라는 말을 들으면 부끄럽지만, 다시 한번 그때 텐노지 양을 말려서 다행이라고 생각한다. 만약 그 혼담이 성사됐다면 텐노지 양은 키오우 학원을 떠났을 테니, 지금쯤 이미 우리 곁에서 사라졌을 것이다.

"그리고 스미노에 양은 모르겠지만, 나는 이번 매니지먼트 게임을 통해서 학생회에 들어가려고 한답니다."

"그랬나요?"

"그래요. 그러니 야심을 잃은 건 아니에요."

텐노지 양이 변한 건 맞지만, 그렇다고 해서 패기를 잃은 건 아니다.

그것은 나도 잘 알고 있다.

"덧붙여서 토모나리 씨도 같은 목표가 있답니다."

"네……?"

"이렇게 보여도 꽤 야심 찬 분이죠?"

스미노에 양이 나를 뚫어지게 쳐다본다.

나는 쓴웃음을 지었다.

"분수에 맞지 않는다는 자각은 있지만, 텐노지 양 말대로 저도 학생회를 목표로 하고 있어요."

아직도 입 밖에 꺼낼 때마다 심박수가 올라갈 정도로 높은 목표였다.

하지만 한 번 내뱉은 말은 도로 주워담을 수 없다. 여름방학 막판에 예전 동급생들과 이야기를 나누며 배수진을 쳤다. 나는 이제 더 물러날 수 없는 데까지 왔다.

"분수에 맞지 않다……. 이전의 저라면 고개를 끄덕였겠지만, 지금은 그렇지 않아요."

스미노에 양은 진지한 얼굴로 말했다.

"주위를 둘러보세요."

주위를?

무슨 뜻인지 모르겠지만, 나는 시키는 대로 주위를 둘러보았다.

매니지먼트 게임이 시작되고 나서 카페는 더욱 활기를 띠기 시작했다. 모두가 사람들과 차분하게 이야기할 수 있는 공간을 원하고 있는 것 같다.

그렇게 카페에 모인 학생들은 힐끗힐끗 우리를 쳐다보고 있었다.

텐노지 그룹의 영애인 텐노지 양이나 IT 대기업의 영애인 스미노에 양이 주목받는 건 알겠지만…… 내가 주제넘게 착각하는 것이 아니라면, 나를 가장 많이 쳐다보는 것 같다.

"이번 매수 소동은 학원 안팎에서 주목받았어요. 그래서 그 승자인 당신은 지금 학교 전체에서 실력을 인정받고 있는 거죠. 압도적으로 우월한 기업과 싸워서 멋지게 물리친 뛰어난 경영자로서."

그런 식으로 평가받고 있는 건가…….

얼굴이 근질거리지만, 이번만큼은 기쁨이 앞섰다.

아가씨들의 옆자리에 어울리는 사람이 되고 싶었던 나로서는 그 평가를 가장 원했던 것이다.

예전에 느꼈던 시선과는 질이 다르다.

이건 자만심이 아니다. 나는 지금 모두에게 존경받고 있다.

동등한 상대가 아니라, 그 이상의 상대로 인정받고 있다.

"……!"

감동한 나는 테이블 아래에서 주먹을 불끈 쥐었다.

"왜 그러시죠, 토모나리 씨?"

"아뇨. 그런 식으로 인정받은 게 기뻐서요."

"이제야 실감이 들었나요?"

스미노에 양이 쓴웃음을 지었다.

"텐노지 양이 토모나리 씨와 함께 있는 이유를 알았어요. 두 분은 어깨를 나란히 함으로써 서로에게 자극을 주고 있는 것이군요."

"그래요! 그렇답니다!"

텐노지 양은 어딘지 모르게 자랑스럽게 말했다.

그런 텐노지 양을 보고 스미노에 양은…….

"부럽네요."

힘없이, 바람에 묻힐 정도로 작게 중얼거렸다.

하지만 텐노지 양은 그 목소리를 놓치지 않았다.

"어머, 나는 당신도 같은 관계가 될 수 있다고 생각한답니다."

"네……?"

"이번 매수 소동, 입장만 빼고 보면 정말 흥미로웠어요. 역시 내가 사람을 잘못 보진 않았군요."

텐노지 양은 "후후후." 하며 자신만만하게 말했다.

"매니지먼트 게임은 아직 반환점이에요. 이제부터는 나를 쓰러뜨릴 작정으로 오셔도 괜찮답니다?"

"그, 그렇게 주제넘은 짓은……."

"아이참. 좀처럼 잘 전해지지 않는군요."

텐노지 양은 부드럽게 웃었다.

"나는 당신과도 절차탁마하고 싶다고 말하는 거예요."

"아……."

스미노에 양은 설마 그런 말을 듣게 될 줄은 몰랐는지 입을 딱 벌린 채 굳어 버렸다.

　그런 스미노에 양을 보고, 텐노지 양은 만족스러운 얼굴로 일어선다.

　"나는 이만 실례할게요. 두 분에게 자극받는 바람에, 오늘은 회의 약속이 많이 잡혔으니까요."

　그렇게 말하고 텐노지 양은 카페를 떠났다.

　바로 그때, 주머니에 있던 스마트폰이 진동했다.

　굳어 버린 스미노에 양에게 한 번 머리를 숙인 후, 나는 전화를 받았다.

　『수고했습니다, 이츠키 씨.』

　"시즈네 씨…… 무슨 일이죠?"

　『오늘은 언제쯤 귀가하실지 알고 싶어서요.』

　그러고 보니 언제쯤 귀가할지 아직 알리지 않았다.

　어떻게 할까? 볼일은 다 끝났지만…….

　『이츠키…… 오늘은, 축하하는 날이야.』

　히나코의 목소리가 들렸다.

　시즈네 씨와 함께 있는 모양이다.

　"축하?"

　『응. ……이츠키의 승리 축하회.』

　그랬구나.

　모처럼 그런 이벤트를 생각해 줬다면, 오늘은 이만 가봐야겠다.

　"바로 가겠습니다."

『알겠습니다. 차를 근처에 대기시켜 놓았으니, 학교로 보내겠습니다.』

역시 시즈네 씨다. 준비성이 좋다.

통화가 끝나고, 나는 가방을 한 손에 들고 일어섰다.

"스미노에 양. 저도 오늘은 이쯤에서 먼저 가보겠습니다."

나는 가볍게 인사만 하고 가려고 했는데…….

"스미노에 양……?"

반응이 없다.

아까부터 계속 침묵을 지키고 있는데, 무슨 일이지?

가까이 다가가 얼굴을 살펴보니…….

"주, 죽었어……?!"

"안 죽었어요……."

하얗게 불탔던 스미노에 양이 힘겹게 대답했다.

텐노지 양에게 실력을 인정받은 것이 그토록 기뻤던 걸까. 스미노에 양의 멘탈은 여러 의미에서 한계에 도달한 듯했다.

"결국 당신은 끝까지 저를 비난하지 않았군요."

스미노에 양은 살짝 고개를 숙이고 말했다.

"당신 주위에 사람들이 모이는 이유를…… 잘 알았어요. 성실하고, 노력을 아끼지 않으니까, 다들 응원하고 싶어지는 거군요."

스미노에 양은 어딘지 모르게 개운해진 얼굴로 말했다.

마치 패배 선언 같다. 그렇다면 나는 수긍할 수 없다.

"그건 스미노에 양도 마찬가지일 거예요."

눈을 동그랗게 뜨는 스미노에 양에게, 나는 계속해서 말했다.

(생활력 없음)

"매수 제의를 받았을 때 SIS 주식회사를 조사해 봤어요. 그리고 실적이 꾸준히 상승하고 있는 걸 봐서…… 스미노에 양도 열심히 하고 있다는 것을 알았죠. 그렇게 생각하니 원망하는 마음도 생기지 않았다고 할까, 오히려 저도 의욕이 생겼다고 해야 할까요……."

결과론일 수도 있지만, 사실 나는 스미노에 양을 계기로 더욱 진지하게 경영을 배웠다.

물론 회사가 매수될지도 모른다는 위기감은 있었다. 하지만 그것보다도 스미노에 양이 노력한 흔적이 보였기 때문에 나도 열심히 해야겠다는 생각이 들었다.

"그 정도의 성과를 내려면 하루아침의 노력만으론 부족하겠죠. 스미노에 양은 평소에 경영 공부를 하고 있었군요."

"그야 그렇지만……."

펀드 인수는 회사에 여유가 있어야 가능한 일이다. 그 여유를 만들어낸 스미노에 양의 능력은 칭찬할 수밖에 없다.

텐노지 양은 작년에 스미노에 양의 능력을 알아보고 스카우트를 제안했다고 한다.

잘 생각해 보면 스미노에 양은 그 시점부터 노력한 것이라. 타고난 재능이 있었을 수도 있지만, 그 하나코도 억지로나마 매일 공부하고 있다. 키오우 학원의 성적에서 히나코와 어깨를 나란히 할 수 있는 스미노에 양이 노력을 게을리했을 리가 없다. 스미노에 양은 당시의 자신을 가리켜 목표가 없는 나날을 보냈다고 했지만, 그런데도 해야 할 일은 하고 있었다.

성실하고, 노력을 아끼지 않고, 모두가 응원하고 싶어지는 사람……

그건 바로 스미노에 양을 가리키는 말이다.

"1년 전 텐노지 씨가 스미노에 양에게 말을 건 이유를 알았어요. 스미노에 양은 노력가였군요."

덕분에 나도 좋은 영향을 받은 것 같다.

그런 내 마음을 듣고, 스미노에 양은…….

"스미노에 양……?"

또다시 대답하지 않았다.

하지만 이번에는 하얗게 불탄 것이 아니라, 얼굴이 귀까지 빨개져서…….

"저, 저는……!! 당신 같은 사람한테, 농락당하지 않을 거예요……!!"

농락할 마음은 없는데…….

얼굴이 새빨개져서 선언하는 스미노에 양을 보고, 나는 쓴웃음을 감출 수가 없었다.

특별 단편 ◆ 아가씨와 인터넷 환경

매니지먼트 게임이 시작된 지 일주일이 지났을 무렵.

평소와 다름없는 티파티 도중, 나는 문득 의문을 제기했다.

"그러고 보니 여러분은 평범하게 컴퓨터를 쓰는군요."

"그야 당연하죠."

텐노지 양이 잔을 테이블에 올려놓고 대답했다.

"요즘 업무에는 컴퓨터가 필수예요. 우리도 어릴 적부터 컴퓨터 사용법을 공부한답니다."

"1학년 때는 그런 수업도 있으니까~."

아사히 양이 발랄하게 웃으며 말했다.

그런 수업이란, 컴퓨터 사용법을 가르쳐 주는 수업일 것이다. 내가 예전에 다녔던 고등학교에도 있었다.

물론 요즘은 기본적으로 컴퓨터를 사용하는 일이 많으므로 모두가 컴퓨터 사용법을 배우는 건 당연하다.

하지만 내가 하고 싶었던 말은 그런 게 아니라…….

"그런 것치고는 지식이 한쪽에 쏠리지 않았나요?"

"그게 무슨 뜻이죠?"

"그건, 서민들의 문화를 잘 모른다거나……."

〔생활력 없음〕
~영애들이 다니는 명문 학교에서 제일가는 **아가씨**를 남몰래 돕는 시중 담당이 되었습니다~ 6

3초 룰이라든가, 먹튀라든가…… 뭐, 그건 범위가 좁은 지식이라고 생각하지만, 게임센터라든가 상가라든가, 알 기회는 얼마든지 있었을 것이다.

특히 텐노지 양 같은 사람이라면 한번 관심을 가지면 간단히 조사할 수 있으리라.

"듣고 보니 그렇군요."

텐노지 양 역시 의아한 표정을 짓는다.

그 옆에서 히나코도 고개를 갸웃거리고 있었다.

"왜 그럴까요?"

◆

"필터링을 하기 때문이에요."

저택에 돌아온 후, 나는 시즈네 씨에게 티파티에서 말했던 질문을 던졌다.

그러자 명쾌한 대답이 돌아왔다.

"상류층에는 과격한 부모…… 어흠, 과보호하는 분들이 많으니까요. 그런 부잣집 자녀들을 보호하기 위해 특별한 필터링 서비스를 계약하고 있어요."

그건 그냥 과격한 부모라고 해도 되지 않을까 싶다.

초등학생이라면 또 모를까, 고등학교 2학년에게 그런 필터링이 필요할 것 같지는 않지만…….

"모르는 것이 오히려 좋은 인연으로 이어질 수도 있으니까요."

"그게 무슨 뜻이죠……?"

"실제로 이츠키 씨는 서민 문화를 모르는 아가씨들을 보고 어떤 생각이 들었나요? 이거야말로 진짜라고 느끼지 않았나요?"

"하긴……."

서민 문화를 모르는 아가씨들을 보고, 나는 황당함을 넘어서 감동에 가까운 기분이 들었다. 픽션에서나 나올 법한 진짜 순진무구 아가씨가 눈앞에 있다는 흥분마저 살짝 느꼈을지도 모르겠다.

즉, 이것은 수요가 있는 아가씨다운 이미지인 것 같다.

그것을 지키기 위한 필터링이기도 한 듯하다.

"일반인을 대상으로 하진 않지만, 검색해 보면 그냥 나옵니다. 이거군요."

시즈네 씨가 태블릿 PC의 화면을 보여준다.

"셀러브리티 필터…… 이름 그대로네요."

필터링 서비스 이름을 보고 나는 뭐라 말할 수 없는 표정을 지었다.

"히나코도 이 서비스를 이용하나요?"

"어렸을 때는 사용했지만, 지금은 해지했어요."

"왜 해지했죠?"

"아가씨 같은 경우, 컴퓨터로 불필요한 검색을 할 시간이 있으면 주무시니까요."

그렇구나, 마음속으로 납득이 갔다.

"하지만 요즘은 아가씨도 변하셨고, 조금 조심하는 게 좋을 것

~영애들이 다니는 명문 학교에서 제일가는 **아가씨**를 남몰래 돕는 시중 담당이 되었습니다~ 6 *(생활력 없음)*

같군요."

"그러네요. 요새는 히나코가 순정만화에 관심이 많으니까, 어쩌면 인터넷에서 사고 싶다고 할지도 모르겠네요."

"순정만화 정도라면 얼마든지 구매해도 상관없지만……."

"아니, 저도 자세한 건 모르지만, 요즘 순정만화는 과격한 것도 많은 것 같아요. 지금 히나코가 읽고 있는 건 유리가 빌려준 거니까, 그런 건 제외했을 테지만……."

나도 과보호 사상에 물든 걸지도 모르겠다.

하지만 히나코는 좋든 나쁘든 순수한 성격으로 온실 속에서 자란 소녀다. 잘못해서 자극적인 창작물을 접하고 열이라도 나면 큰일이다.

"만약을 대비해 저도 아가씨의 컴퓨터 이력을 확인하고 있으니, 여차하면 미연에 방지할 수 있습니다."

"그래도 되나요? 이력은 사생활과 밀접할 것 같은데……."

"카겐 님께서 명령하셨고, 아가씨께도 미리 알렸습니다."

본인이 알면…… 괜찮으려나.

"어머……."

문득 시즈네 씨가 태블릿을 보고 눈살을 찌푸렸다.

"큰일 났군요."

"무슨 문제가 생겼나요?"

"아가씨께서 수상한 사이트를 보고 계십니다."

"어?"

◆

이츠키와 시즈네가 주인 아가씨의 인터넷 환경에 관해서 이야기하는 동안, 히나코는 자기 방에서 매니지먼트 게임을 진행하고 있었다.

(휴…… 오늘 할 일은 끝났어. 쉬자……)

화면에서 눈을 돌리자, 책상 한쪽에 놓여 있는 순정만화가 눈에 들어왔다. 이츠키의 어릴 적 친구인 유리에게 빌린, 히나코의 연애 교과서다.

이미 빌린 책은 다 읽었다. 다음에 만날 때 다음 권을 가져다준다고 했지만, 솔직히 더 기다릴 수 없을 것 같았다. 한시라도 빨리 다음 권을 보고 싶었다.

"……맞아. 인터넷으로 찾아보면 다음 내용을 알 수 있을지도 몰라."

인터넷을 사적으로 사용하는 것은 처음이었다.

히나코는 곧바로 순정만화의 제목을 검색했다.

그리고 순정만화의 공식 홈페이지에 접속할 수 있었다.

"……이게 뭐야? 광고……?"

화면 구석에 광고 같은 것이 보여서 호기심에 클릭해 본다.

그러자 화면 가득 살색 그림이 펼쳐졌다.

"어? 어? 어어……?!"

그것은 순정만화 중에서도 상당히 과격한 작품의 광고였다.

"이, 이이이, 이게, 뭐야…… 이게, 뭐야……?!"

~영애들이 다니는 명문 학교에서 제일가는 **아가씨**를 남몰래 돕는 시중 담당이 되었습니다~ 6

(생활력 없음)

지금까지 느껴보지 못한 강렬한 자극에 히나코는 얼굴을 붉히며 혼란스러워했다.

　페이지 하단에는 소위 말하는 야한 장면이 큼지막하게 표시되어서…….

　"아가씨!"

　"히나코!"

　시즈네와 이츠키가 다급히 히나코의 방으로 들어왔다.

　하지만 히나코는,

　"으~으……. 으~으……."

　너무 혼란스러운 나머지 눈이 핑핑 돌아가고 있었다.

　"늦었나 보군요……."

　"역시 히나코에게는 자극이 너무 강했나 봐요……."

　두 사람은 화면을 떠 있는 것을 보고 끙끙댔다.

　다음 날. 시즈네의 보고를 들은 카겐의 지시로 히나코의 컴퓨터에는 본인도 모르게 셀러브리티 필터가 설치됐다.

후기

사카이시 유사쿠입니다.

6권을 구입해 주셔서 감사합니다.

후기부터 읽으시는 분들도 일부 계신 것 같아서 꼭 말씀드리고 싶습니다. ——이번엔 진짜 열심히 썼습니다! 많이 조사해서 썼습니다! 아니, 이공계가 쓸 내용이 아닌데!

좌우지간 열심히 썼으니까, 읽어 주시면 좋겠습니다…….

역시 이번엔 후기로 쓸 수 있는 내용이 많아서 벌써부터 펜이 멈추질 않네요. 오랜만에 기분 좋게 후기를 써보려고 합니다.

● 매니지먼트 게임편에 관해서

6권 내용은 지금까지의 『아가씨 돌보기』와는 분위기가 조금 다른데, 여기에는 이유가 있습니다.

여러분도 어렴풋이 느끼셨겠지만, 이 시리즈는 4권 시점에서 '한 바퀴 돌았구나' 라는 느낌이 있었을 겁니다. 히나코, 텐노지 양, 나리카, 유리…… 네 사람의 에피소드가 끝나고, 5권에서 이츠키와 히나코의 변화도 썼습니다.

여기서 6권 이후의 스토리를 고민했습니다. 정석대로라면 2주

차에 진입해야 한다고 생각했지만, 저는 이 작품의 어떤 부분이 계속 마음에 걸렸습니다. 그것은 『아가씨 돌보기』가 그다지 시류에 편승한 왕도 세계관이라고 말하기 어렵다는 점, 그런데도 스토리는 오히려 왕도 쪽에 가깝다는 점입니다.

균형이 잘 잡혔다고 평가할 수도 있겠지만, 한편으로 저는 '그건 세계관을 잘 살리지 못한 것 아닌가?'라는 의문이 생겼습니다. 어쩌면 『아가씨 돌보기』에는 『아가씨 돌보기』만이 할 수 있는 러브 코미디가 있는 게 아닐까, 그런 생각이 들었습니다.

이를 모색한 결과 매니지먼트 게임편이 탄생하게 되었습니다.

이 작품에 등장하는 인물들은 모두 미래에 큰 회사를 경영하는 사람이 됩니다. 히나코, 텐노지 양, 나리카, 유리, 이츠키, 아사히 양과 타이쇼…… 그들은 앞으로 어떤 식으로 회사를 경영할 것인가. 그 물음에 답하는 것이 매니지먼트 게임편의 목적 중 하나입니다.

비즈니스×러브 코미디라는 조금 특이한 장르가 되었지만, 생각해 보면 『아가씨 돌보기』는 처음부터 그런 분위기가 있었습니다. 오히려 지금까지 축적된 것이 있었기에 이런 이야기를 쓸 수 있었습니다.

지금까지 있었던 작은 복선이 작가인 저도 모르는 곳에서 저절로 쌓여서 한꺼번에 폭발한 것 같은…… 매니지먼트 게임편은 그렇게 탄생한 것 같습니다.

물론 기존 『아가씨 돌보기』의 틀을 깨지 않도록 의식도 많이 했습니다. 그 부분은 담당자님도 굉장히 신경을 써 달라고 부탁했기 때문에, 두 사람이 삼위일체가 되어서 극복할 수 있었던 것 같아요. 그래서 매니지먼트 게임편은 새로운 내용이지만, 기존의 『아가씨 돌보기』를 좋아하셨던 분들에게도 충분히 어필할 수 있는 내용이라고 생각합니다.

아마 1권에서 이 내용을 다뤘으면 좀 더 심오한…… 약간 독선적인 수준에서 비즈니스 이야기만 썼을 것 같습니다. 그렇게 되지 않게끔 기존의 『아가씨 돌보기』가 저를 막아 주었습니다. 고마워, 『아가씨 돌보기』…….

이런 느낌으로, 용기가 많이 필요한 내용이었지만, 즐겁게 봐주셨으면 좋겠습니다. 후편인 7권도 열심히 쓰겠습니다.

●등장인물들이 경영하는 회사에 관해서

그러고 보니 6권에서는 아무렇지도 않게 나리카의 집안에서 경영하는 스포츠용품 업체의 회사 이름이 처음 나왔습니다. 아사히 양과 타이쇼의 집안에서 경영하는 회사의 이름을 보고 짐작한 분도 계시겠지만, 이 작품에서 등장하는 회사는 현시점에서 거의 모두 현실에 모델이 있습니다. 코노하나 그룹도, 텐노지 그룹도, 스미노에 양의 SIS도, 전부 모델이 있죠. 다만 현실 모델에 너무 영향을 받지 않도록 의식하므로, 지표를 전부 모델에 맞출 생각은 없습니다.

유일하게 이츠키가 경영하는 회사에는 모델이 없지만, 비슷한 회사는 현실에도 여러 곳이 있습니다. 이츠키는 선물용품 시장이라고 하는, 무척 좁은 틈새시장을 노렸는데, 사실 현실에서도

(생활력 없음)

코로나 특수로 조금 활성화된 시장이므로, 이걸 계기로 관심을 보여주시면 즐거울지도 모릅니다.

●회사 이름에 관해서

본편에서는 이츠키의 회사 이름이 너무 단순해서 아사히 양이 놀렸습니다.

앞서 말했다시피, 작중에서 등장하는 회사는 대체로 현실 모델이 있어서, 회사 이름도 그쪽에 맞춘 부분이 있습니다. 다만 이쪽도 딱히 제한을 두는 건 아니므로, 임기응변으로 생각하고 있습니다.

실존 회사 이름 중에서 개인적으로 감동한 곳은 「브릿지 스톤」입니다. 창업자인 *이시바시 씨의 성을 쓴 건데, 듣기로는 해외 진출을 생각해서 먼저 스톤 브릿지로 했고, 그랬더니 어감이 안 좋아서 지금 형태로 뒤집었다고 합니다. 최종적으로는 스타일리시한 형태가 됐으니까, 진짜 천재예요.

완전히 여담이지만, 저는 테니스부 시절에 브릿지스톤의 라켓을 애용했습니다. 뭔가 전문가 같아서…… 무진장 무거웠지만요…….

【감사 인사】

이 작품을 집필하면서 관계자 여러분께 큰 도움을 받았습니다. 정말 신세를 많이 졌습니다. 담당자님, 6권처럼 안정적인 타이밍

---

* 일본어로 이시바시=돌다리이며, 이를 영어로 쓰면 스톤 브릿지가 된다.

에 갑자기 도전적인 시도를 해서 죄송합니다. 그래도 진행 사인을 내주셔서 정말 감사합니다. 미와베 사쿠라 선생님, 이번에도 히로인을 매력적으로 그려 주셔서 감사합니다. 새 등장인물인 스미노에 양, 청순하고 귀엽습니다. 태피스트리에 쓴 버니걸 텐노지 양도 무진장 예뻐서 감동했습니다.

마지막으로, 이 책을 골라 주신 독자 여러분께, 가장 큰 감사를 바칩니다.

아가씨 돌보기 6

영문들이 다니는 명문 학교에서 제일가는 아가씨(생활력 없음)를
남몰래 돕는 시중 담당이 되었습니다.

2024년 08월 20일 제1판 인쇄
2024년 09월 05일 제1판 발행

지음 사카이시 유사쿠
일러스트 미와베 사쿠라

옮김 JYH

제작 · 편집 노블엔진 편집부

발행 데이즈엔터(주)
등록번호 제 2023–000035호
주소 07551 서울특별시 강서구 양천로 570 NH서울타워 19층
대표전화 02-2013-5665

ISBN 979-11-380-5115-6
ISBN 979-11-380-0898-3 (세트)

才女のお世話 6
高嶺の花だらけな名門校で、学院一のお嬢様(生活能力皆無)を
陰ながらお世話することになりました
ⓒ Yusaku Sakaishi
Originally published in Japan by HOBBY JAPAN Co., Ltd.

구매 시 파손된 도서는 구매처에서 교환하실 수 있습니다.
기타 불편사항, 문의사항이 있으신 독자님께서는 노블엔진 홈페이지
[http://novelengine.com] 에서 Q&A 게시판을 이용해 주시기 바랍니다.

우리 옆집엔 천사님이 산다—— 무뚝뚝하면서도 귀여운
이웃과의 풋풋하고 애틋한 사랑 이야기.

옆집 천사님 때문에 어느샌가 인간적으로 타락한 사연 1~9

애니메이션 방영작

후지미야 아마네가 사는 맨션 옆집에는 학교 제일의 미소녀인 시이나 마히루가 살고 있다. 두 사람은 딱히 이렇다 할 접점이 없지만, 비가 오는 날 흠뻑 젖은 시이나 마히루에게 우산을 빌려준 것을 계기로 기묘한 교류가 시작되었다.

혼자서 너저분하게 대충대충 사는 아마네를 차마 보다 못해, 밥을 차려 주거나 방을 청소해 주는 등 이것저것 챙겨 주는 마히루.

가족의 정을 그리워하면서 점차 다정한 모습을 보이기 시작하는 마히루. 그러나 그 호의를 알면서도 자신감이 없는 아마네. 두 사람은 자신의 마음에 솔직하게 굴지 못하면서도 조금씩 서로의 거리를 좁혀 나가는데 …….

사에키상 지음 │ 하네코토 일러스트 │ 2024년 9월 제9권 출간

청춘의 상상, 시동을 걸어라!

하이바라의 청춘 뉴 게임 플러스

1~2

고등학교 데뷔에 실패해 잿빛 고등학교 시절을 보내고 대학교 4학년생이 된 청년, 하이바라 나츠키.

사회 진출을 코앞에 둔 그는 어느 날 갑자기 7년 전── 고등학교 입학 직전으로 시간을 되돌아가게 된다!!

후회만 가득하던 고등학교 생활을 '다시 시작' 할 기회를 얻은 덕에 과거의 경험을 교훈삼아 같은 반 미남미녀 최상위 그룹 6명 중 한 사람이 되는 데 훌륭히 성공한 나츠키!

게다가 그곳에는 과거에 짝사랑한 미소녀, 히카리도 있는데……?!

아마미야 카즈키 지음 | 긴 일러스트 | 2024년 3월 제2권 출간
청춘의 상상, 시동을 걸어라!